雲中歌

桐華◎著

卷一

緣定綠羅裙

雲中歌

卷一 緣定綠羅裙

目錄

西漢自高祖劉邦立國，經惠、文、景帝，到漢武帝即位之初，「漢興六十餘載，海內艾安，府庫充實。」（《漢書·公孫弘卜式兒寬傳》）

漢武帝在位期間，雖雄才偉略，卻好大喜功，窮兵黷武，起居奢侈。由於「外事四夷之功，內盛耳目之好，徵發煩數，百姓貧耗」（《漢書·刑法志》），到漢武帝晚年，漢朝已是「海內虛耗，戶口減半」。（《漢書·昭帝紀》）

漢武帝的連年征戰、窮奢極欲，導致國庫空虛，為了彌補用度，漢武帝允許買官和犯法者以錢贖罪，「用度不足，乃行壹切之變，使犯法者贖罪，入穀者補吏，是以天下奢侈，官亂民貧，盜賊並起，亡命者眾。」（《漢書·貢禹傳》）

吏治混亂，富者越富，窮者越窮，社會矛盾日趨激化，各地紛紛起義，「百姓貧耗，窮民犯法。」（《漢書·刑法志》）

「盜賊滋起。南陽有梅免、百政，楚有段中、杜少，齊有徐勃，燕、趙之間有堅盧、範主之屬。大群至數千人，擅自號，攻城邑，取庫兵，釋死罪，縛辱郡守、都尉，殺二千石，為檄告縣

趨具食；小群以百數，掠鹵鄉里者不可稱數。」（《漢書・酷吏傳》）

漢武帝採用的政策則是任用張湯、趙禹、王溫舒、咸宣、尹齊、楊僕等酷吏，實行殘酷的高壓政策。漢武帝之前，從高祖到景帝，歷經四代皇帝，《漢書・酷吏傳》不過收錄了兩個酷吏，而漢武一朝，就有酷吏十一人。

刑罰一再加重。律令從漢初劉邦在位時的九章，增至三百五十九章，只大辟一項就有四百零九條，一千八百八十二事。以死刑為例比的刑法多至一萬三千四百七十二事，「文書盈于幾閣，典者不能遍睹」。（《漢書・刑法志》）

即使如此嚴苛的刑罰，依然不能阻止走投無路的百姓起義。

漢武帝一直希望臣服四夷。但直到他死，四夷問題也並沒真正解決。因為內亂，匈奴、西羌、西南夷、烏桓等外族的外亂也接連興起。

漢武帝晚年，面對岌岌可危的大漢天下，想到秦朝亡於窮民起義的前車之鑒，才意識到自己一生之過，向天下頒布《罪己詔》「朕即位以來，所為狂悖，使天下愁苦，不可追悔。」

只是漢武帝雖有心改過，卻年事已高，無力回天，只能將一個風雨飄搖的大漢社稷傳給了年僅八歲的漢昭帝。

第一章 綠羅裙

雲歌立即清脆地叫了一聲「陵哥哥」，
配著一個明媚如人間四月天的笑顏，
從未被人如此喚過的趙陵，
只覺慣常黑漆漆的心中也投入了一線陽光。

萬里荒漠，如火驕陽。

金子般燦爛的黃色，充盈在天地間。

人世間最受尊寵的顏色，在這裡卻是死亡的歡笑聲。刺眼陽光下點點反射的白光，那是動物的殘骸，或者人的屍骨。

樓蘭城外的白龍堆沙漠以龍捲風和變幻莫定的地形聞名。沒有熟悉的樓蘭嚮導引路，幾乎沒有任何機會能活著走出這片大漠。

連綿起伏的沙丘上，一行數十人正在死亡邊緣掙扎。

七天前，他們的樓蘭嚮導背叛了他們，利用一場突來的沙暴，趁亂扔下了這幫漢人。

一行人，武功體力都不弱，但在殘酷的自然面前，卻如螻蟻一般渺小。如果再尋不到水源，他們就會永久地留在這裡，變成那森白骨架中的一個。

趙破奴搖了搖水囊，這是最後的幾口水了。他將水囊捧給一個十二三歲的少年。

少年的視線從他已經爆裂的唇上一掃而過，淡淡說：「你喝了這幾口水。」

趙破奴剛要說話，少年又低低補了句，「這是我的命令。」

眾人都只當少年是趙破奴的親戚，趙破奴藉勘查西域的機會帶出來歷練一番，只有趙破奴知道少年的命令意味著什麼。

趙破奴拿回了水囊，卻沒有喝，把水囊別回腰間。心中只一個信念，他一定要把少年活著帶出沙漠，即使用他們所有人的鮮血為水。

「你出入沙漠多次，這麼多人中，只有你最熟悉沙漠，我們能否活下去的關鍵就是你，把水喝下去，維持住你的清醒頭腦，想法子帶我們走出沙漠。即使我們都要死，你也應該是最後一個。」少年雖然說著事關生死的話語，語氣卻好像事不關己。

在沙漠中徒步七日，在饑餓、乾渴、死亡的煎熬下，不少人的意志早已垮掉，面上滿是晦敗的絕望，可這個不過十二三歲的少年，雖然也是嘴唇乾裂，面容憔悴，神色卻是清冷淡然。

太陽毫不留情地蒸烤著大地，蒸烤著他們的身體。

他們的生命一點一滴地蒸發。

每一粒金黃沙子都跳著死神的舞蹈，歡迎著他們的到來。

走在最前面的趙破奴忽地做了個停下的手勢，所有人都停住了腳步。

少年看到趙破奴側耳傾聽的樣子，也凝神去聽。

「叮咚、叮咚……」

若有若無的鈴鐺聲。

幾個人驚喜地大叫起來，「駝鈴聲！是駝鈴聲！」

從死亡的陰影中看到一線生的希望，這個好像還遠在天際的鈴鐺聲不啻是天籟之音。

少年卻依舊面色清冷，面臨死亡時，他沒有黯然絕望，有生的希望時，他也沒有喜悅興奮，透著一切都事不關己的淡漠。

趙破奴揮了揮手，示意眾人安靜，「鈴聲有些古怪，如果是商旅的駱駝隊，不應該聲音這麼單薄，聽著好像只有一匹駱駝，可有幾個人敢孤身穿行大漠？地處西域，來人是友是敵還不一定，提高警惕。」

「叮咚、叮咚……」

伴著駝鈴聲，大漠的盡頭，在火一般燃燒的金黃色中，冉冉飄起一團綠影。

七天未見綠色的人，頓生親切感，少年也不禁覺得乾渴淡了幾分。

待近了時，眾人才看清一匹小小的雪白駱駝上側坐著一個小小的人，不過七八歲年紀，一身綠衫，笑靨如花。

眾人撐著脖子往後看，卻再見不到任何人。

一匹神俊異常的駱駝，一個精靈可愛的女孩，眾人只覺詭異，剎那間想起許多荒誕的西域傳說，雪山神女、荒漠妖女……

小女孩笑著向他們招了招手，「我娘讓我來帶你們出沙漠。」

趙破奴問：「妳娘是誰？就妳一個嗎？」

小女孩詫異地說：「我娘就是我娘呀！怎麼就我一個呢？」拍了拍駱駝，「我有鈴鐺，這是二哥送我的朋友。」指了指自己身後，「還有雪狼，娘吩咐牠保護我。」

眾人這才發現小駱駝身後還隨著一頭通體銀白的狼，渾身散發著矜持與高貴的氣息。

不怕狼的駱駝？不吃駱駝的狼？

「還有……」眾人驚詫未完，小女孩又從衣領內掏出一個小竹哨嗚嗚吹了兩聲，仰頭望著天上兩隻隨笛聲落下的鵰說：「還有小謙和小淘，這是爹爹給我找的朋友。」

兩隻白鵰還不大，但展翅間已露天空霸主的威嚴。

一隻落在了駱駝背上，一隻卻想落到狼頭上，狼警告地嗚叫了一聲，伸爪欲撲，鵰兒悻悻地飛起，卻還不甘心地伺機盤旋著。

小女孩笑說：「小淘，不要逗雪姐姐了，就在鈴鐺背上休息一下吧！」

眾人看得又是驚奇，又是好玩，也明白過來為何小女孩能找到他們。

趙破奴身子一震，心內驟然間翻江倒海，他一面細細打量著女孩，一面問：「妳娘姓什麼？妳爹爹姓什麼？妳叫什麼名字？妳娘為何命妳帶我們出沙漠？」

「哎呀！大叔叔，娘親就是娘親呀！我叫雲歌，我娘說有位趙叔叔對她有恩，就讓我來領路了。你們走不走呢？還要兩天才能出沙漠呢！」

雲歌側坐在駱駝上，說話時，兩隻腳一盪一盪。

一雙蔥綠的鞋子，鞋面上各綴著一顆龍眼大的珍珠。一隻鞋她倒是規規矩矩地穿著，一隻鞋卻是半趿著，露著一截雪白的纖足，隨著她一盪一盪，在綠羅裙間若隱若現。

雲歌看到少年望著她的腳看，因為還是天真爛漫的年齡，也不覺得有什麼不好意思，反倒朝少年甜甜一笑。

少年卻是年少早慧，已懂人事，本只是因為美麗而欣賞的無意之舉，被雲歌一笑，臉卻不禁紅起來，匆匆移開了視線，身上不合年齡的清冷漠然淡了幾分。

趙破奴看不出來這個小姑娘是天真未解事，還是故意相瞞，知道再問也問不出名堂來，只能作罷。一對鵰兒的名字觸動了往事，心中傷痛難說，雖知道萬分不可能，可還是隱隱盼著自己的胡思亂想是真，「我就姓趙，雲歌兒，那就煩勞妳領路了。」

雲歌跳下駱駝，笑向趙破奴恭敬地行了一禮，「趙叔叔，雲歌代娘親給您問安。」又指著駱駝背上掛著的一排水囊，「這是給趙叔叔的。」

眾人未等她語落，已經齊聲歡呼，一掃先前的沉鬱，笑鬧道：「趙爺，就知道您是我們的救星。」

趙破奴解下一個水囊正要給少年送去，卻發現雲歌已經拿了自己的水囊給少年，「你叫什麼名字？」

少年恍似沒有聽到雲歌的問題，沉默地接過水囊，沉默地喝著水。

其他人都一連聲地對雲歌道謝，少年卻沒有一聲謝謝，甚至一個表示謝意的眼神都沒有，神情清淡到近乎冷漠。

雲歌倒是一點都不見怪，背著雙手，仰著腦袋，笑咪咪地看著少年。

少年將水囊遞回給雲歌時，望見她彎彎如月牙的眼睛，終於淡淡說：「趙陵。」

雲歌立即清脆地叫了一聲「陵哥哥」，配著一個明媚如人間四月天的笑顏，從未被人如此喚過的趙陵只覺慣常黑漆漆的心中也投入了一線陽光。

麗堂皇的屋宇，青銅熏爐中的渺渺青煙讓高坐在上端的人面目模糊。

一個四歲的小兒正立在宴席中央，背著雙手誦書。

「……眾聖輔德，賢能佐職，教化大行，天下和洽，萬民皆安仁樂誼，各得其宜，動作應禮，從容中道。故孔子曰：『如有王者，必世而後仁。』此之謂也。堯在位七十載，乃遜於位以禪虞舜。堯崩，天下不歸堯子丹硃而歸舜。舜知不可辟，乃即天子之位，以禹為相，因堯之輔佐，繼其統業，是以垂拱無為而天下治。孔子曰：『《韶》盡美矣，又盡善矣。』此之謂也。至於殷紂，逆天暴物，殺戮賢知，殘賊百姓……」

兩側旁聽的人都面露驚嘆，神童之名果非虛傳。高坐在上方的老者也難得地笑著點點頭。

小兒背完書，剛想如往常一般撲進母親懷中，又立即記起母親事先一再叮囑的話，於是一副大人模樣地作揖行禮，然後挺直腰板，板著面孔，一步一頓地踱著小方步退回自己的位置。

他看沒有人注意，立即衝母親做了個邀功的鬼臉。

側坐在老者一旁的女子含著笑，輕點了點頭，示意他坐好。

風和日麗的夏日，蟬聲陣陣。

五歲小兒藏在書房的簾幕背後，一雙烏黑靈動的大眼睛盯著外面。

外面腳步匆匆，一個女子溫柔的聲音傳出，「陵兒。」

小兒驚慌下，立即想出聲阻止，可已是晚了一步。只聽見齊齊的尖叫聲，放置在門上面的水桶已經隨著女子推門的動作翻倒，一桶混了墨汁的黑水全部倒在女子身上。

女子從頭到腳變成了落水的黑烏鴉。一旁的侍女嚇得立即黑壓壓跪了一地。

小兒的貼身侍從于安早已經嚇得癱軟在地，心裡萬分悔恨。他才剛做貼身奴才，才剛學會諂媚，才剛貪污了一點錢，才剛摸了一把侍女姐姐的手，難道天妒英才，不給他機會做天下第一的奸詐奴才，就要了他的命？

小兒緊張地拽著簾子，母親最愛美麗，這次肯定完了！

女子在屋子門口靜默地站了一會，剛開始的不能置信和驚怒，都慢慢化成了一臉無奈，「陵兒，出來！」

小兒從簾子後探了個腦袋出來，快速晃了一下，又縮了回去，「阿姊把我畫的畫給剪了，我是想捉弄阿姊的。我會背書，會寫字，會聽先生的話，會不欺負阿姊，會……」

女子走到小兒身前，揪著小兒的衣服領子把他拽出簾子，用力給了小兒一個擁抱，又在小兒臉上揉了幾把。

小兒越來越害怕，終於停下了嘴裡的嘮叨，低下頭，「我錯了。」

女子看到他的樣子，驀然大笑起來，對身後的侍女吩咐，「妳們還跪著做什麼？還不去準備沐浴用具？要最大的浴桶。」

小小的人兒本來衣飾精緻，此時卻也是滿身墨水。他癟著嘴，看著母親，一臉敢怒不敢言。母親肯定是故意的。

自從三歲時失足落過一次水，他最討厭的就是在浴桶裡洗澡。

女子看到他的樣子，笑著在他的臉頰上親了一下，「是洗澡，還是領罰，自己選。」

小兒剛想說「領罰」，看到女子眼睛瞟著于安，立即耷拉下了腦袋。

果然是女子小人難養也，人家一個就很淒慘了，他卻是兩個都有，認命吧！

重重疊疊的簾幕。

他曾經躲在這裡讓母親找不到，在簾子內偷看母親的焦急；

也曾經躲在這裡，突然跳出來嚇唬過母親和阿姊；

也在不願意聽先生授課時躲過這裡……

可是今天，他一點都聽不懂簾子外面的人的對話。

他只覺得害怕，一種從沒有過的恐懼。母親正在跪地哀求，她的額頭都已經磕出了血，可為什麼父親仍然只是視線冰冷地看著母親。不是所有人都說他最寵愛母親嗎？

「為了陵兒，妳必須死！」

父親只是說著一個最簡單的句子，他卻怎麼都不能明白。

為什麼為了他，母親要死？他才不要母親死！

他正要從簾裡鑽出，身後的于安死死扣住了他的手和嘴。

于安滿頭冷汗，眼睛中全是哀求。他在于安的按壓下，一動不能動。

兩個宮人拖了母親出去，母親原本的嗚咽哀求聲，變成了淒厲的叫聲：「讓我再見陵兒一面……陵兒，陵兒，陵兒……」

母親額頭的鮮血落在地面上。

一滴，一滴，一滴……

涔透進地板中，成為他心上一生都抹不去的痕跡。

那血腥氣永遠都漂浮在大殿內，也永遠漂浮在他的鼻端。

母親時而哀求悲痛，時而絕望淒厲的聲音，在黑暗的大殿內，和著血腥味，徘徊不止。

夜夜，日日，月月，年年；

年年，月月，日日，夜夜。

從沒有停止過……

陵兒，陵兒，陵兒……

母親額頭的血越落越急，越落越多，已經淹沒到他的胸口。

「母親，不是我的錯！不是我的錯……」

是你的錯，是你害死了你的母親，是你的錯……

趙陵整個人在毯子裡縮成一團，一頭冷汗，卻緊咬著嘴唇，一聲都不肯發出。

「陵哥哥，陵哥哥……」雲歌輕搖著趙陵。

趙陵從噩夢中醒來的一瞬，一把推開了雲歌，「大膽奴才，誰准你……」

等看清是雲歌，看清楚自己是睡在蒼茫廣闊自由的天地間，而非暗影重重的殿堂內，他立即收了聲音，眼神漸漸從冷厲變成迷茫。

雲歌被趙陵推得一屁股坐到地上，卻只是揉著屁股，小聲地問：

「你做噩夢了嗎？」

趙陵定定看著夜色深處，似乎沒有聽見雲歌的話。

雲歌坐到篝火旁，在自己隨身攜帶的荷包裡，翻了一會，找出幾枚酸棗丟進水中，待水煮開後，端給趙陵。

趙陵盯著雲歌手中的杯子，沒有接的意思。

雲歌輕聲說：「顏色雖然難看，可效果很好，酸棗有安定心神的作用。」

趙陵依然沒有動，雲歌的眼睛骨碌轉了一圈，「我不肯喝藥時，我娘都給我唱歌哄我喝藥，我也唱歌給你聽好不好？」

她張口就要唱起來，趙陵看了一眼沉睡的眾人，端過了碗。

雲歌笑咪咪地望著他，趙陵喝完水，一聲不吭地就躺下睡覺。

雲歌擁著毯子看了他一會後，往他身邊湊了湊。

她湊一寸，趙陵沉默地後退一寸，雲歌再湊一寸，趙陵又後退一寸，雲歌再湊一寸，趙陵又後退一寸……

趙陵終於忍無可忍，壓著聲音問：

「妳想幹什麼？」

「我睡不著，你正好也睡不著，那我們說會話，好不好？你給我講個故事好不好？」

「不會。」

「那我給你講故事。」雲歌未等他同意，已經開始自說自話，「有一年，我爹爹帶我去爬雪山……」

趙陵本想裝睡，讓雲歌停止嘮叨，可雲歌卻自己一人講得很是開心，講完了她的雪山經歷，又開始講她的二哥、三哥，趙陵冷著聲音說：「我要睡覺了。」

「那你睡吧！我娘給我講故事時，我也是聽著聽著就睡著了……我三哥和我去大秦時，我五歲。大秦有很多人是金黃色的頭髮，碧藍色的眼睛，很漂亮。不過我不喜歡他們，他們把獅子餓很多天，然後放了獅子出來和人鬥，很多人坐在那裡看，我討厭看這個，三哥卻頂喜歡看。他們送給爹爹兩頭小獅子，被三哥拿了去養……你肯定不相信，但我發誓真有這樣一個國家……」

雲歌還想囉嗦，趙陵截道：「天地之大，無奇不有，為什麼不相信？先帝在位時，安息和條枝已有使者來拜見過，《史記．大宛列傳》中都有記述。既然西域再向西能有繁華可比漢朝的安息帝國，那安息的西邊也很可能有別的國家。聽聞安息商人為了獨霸我朝的絲綢，中間獲利，才不肯將更西之地的地形告訴西域胡商和漢朝商人。」

雲歌和別人講述她的故事時，很多人都嘲笑她胡說八道，第一次碰到有人相信，一下興奮起來，「你相信我的故事？確如你所料，大秦就在安息之西，你去過安息嗎？安息也很好玩。」

趙陵沒有理會雲歌的問題，雲歌等了一瞬，見他不回答，笑了笑，又自顧自地開始講自己的故事。

趙陵這次卻沒有再出聲阻止，只是閉著眼睛，不知道是睡是醒。

趙陵從小到大，礙於他的身分地位，從沒有人敢當面違逆他，和他說話時都是或謹小慎微，或恭敬懼怕，或諂媚順從。

他第一次碰到雲歌臉皮這麼厚的人，偏偏還厚得一副理所當然的樣子，一點眼色都不懂看。

本來只是無奈地忍受雲歌的噪音，可漸漸地，他在不知不覺中開始真正聽雲歌的故事。從塞北草原到大漠戈壁，從珠穆朗瑪峰到帕米爾高原，從驚濤駭浪的大海到安靜寧和的雪窟，從西域匈奴的高超馬技到大秦安息的奇巧工藝……

雲歌的故事中有一個他從未接觸過的世界，是他在書冊中讀到過，卻絕不可能看到和摸到的世界。

對他而言，那是一個近乎傳說的世界。

最後是他仍然在等著她的下一個故事，雲歌卻在「……那隻小狼竟然會偷東西，還是貪財的小偷，專偷那些亮晶晶的寶石……我快被牠氣死了……我就打牠屁股……打牠屁股……」的斷續聲中睡去。

趙陵緩緩睜開了眼睛，翻了個身子，凝視著雲歌。

即使在睡覺，雲歌的眉眼間也充滿了笑意，如她的名字一般自在寫意。細密長的睫毛，在星光下，如兩隻小蝴蝶正在休憩。

雲歌睡覺很不老實，裹著毯子翻來翻去。

眼看著越翻離篝火越近，雲歌的頭髮已經要聞到焦味，她卻依舊睡得人事不知，趙陵只能萬般無奈地起身把她拽回來。

她又朝著趙陵翻過來，越翻越近，趙陵輕輕把她推開，她又翻出去，翻向篝火……

拽回來，推出去，拽回來，推出去……

趙破奴第二日醒來時，看到的一幕就是：雲歌抱著趙陵的胳膊，正睡得香甜，嘴邊猶帶著笑意，不知道做了什麼好夢。而趙陵卻是一個古怪至極的姿勢，拽著雲歌衣袖的一小角，似怕她跑掉，又似怕她接近。明明睡得很沉，偏偏臉上全是疲憊無奈。

其他人都笑起來，趙破奴卻是吃驚地瞪了雲歌和趙陵半晌。早就聽聞趙陵睡覺時，不許任何人接近，甚至守在屋子裡都不行，只有于安可以守在門口，一路同行，也的確如傳聞，雲歌怎麼讓趙陵屈服的？

走完這段戈壁，進入前面草原，就代表著他們已經進入漢朝疆域。

趙破奴的神情輕鬆了幾分，幸不辱命，終於平安。

雪狼忽然一聲低嘯，擋在了雲歌身前。

趙破奴立即命眾人圍成圈子，把趙陵護在了圈子中間。

不一會就看見幾個衣衫襤褸的人在拚命奔跑，有漢朝官兵在後追趕，眼看著他們就要跑出漢朝疆域，可利箭從他們的背後穿胸而過，幾個人倒在地上。

雲歌看到箭飛出的剎那，已經驅雪狼上前，可雪狼只來得及把一個少年撲倒在地。

「大膽狂徒，竟然敢幫欽犯。殺！」馬上的軍官一揮手就要放箭。

趙破奴立即叫道：「官爺，我們都是漢朝人，是奉公守法的商人。」

軍官盯著他們打量了一會，命令停止放箭，示意他們上前說話。淡淡幾句問話，句句不離貨物和錢。

趙破奴已經明白軍官的意思，偷瞟了一眼趙陵，雙手奉上一個厚重的錢袋，「官爺們守護邊防辛苦了，請各位官爺喝酒驅寒。」

軍官掂量了一下手中的錢袋，皮笑肉不笑地說：「你們來往一趟漢朝西域就可以回家抱老婆孩子，我們還要在這裡替你們清除亂民。」

有人早就看軍官不順眼，剛想發作，被趙破奴盯了一眼，只能忍氣沉默。

趙破奴命一旁的人又奉上一袋錢，軍官才勉強滿意，「你們可以走了。」

雲歌卻不肯離開，執意要帶那個已經昏厥過去的少年一起走，趙破奴無奈下只能再次送上錢財，向軍官求情，軍官冷笑起來，「這是造反的亂民，死罪！你們是不是也不想活了？」

趙陵冷冷開口：「他才多大？不過十三四歲，能造誰的反？」

軍官大怒，揮鞭打向趙陵。

雲歌一手輕巧地拽開了趙陵，一手輕揚，只見一團黑色的煙霧，軍官捂著眼睛哭喊起來，

「我的眼睛！我的眼睛！」

其他士兵立即拔刀挽弓，眼見一場血戰。

雲歌不知害怕，反倒輕聲笑起來：「乖孩子，別哭，別哭！你的眼睛沒有事情，不是毒，是西邊一個國家出產的食料，只是讓你一時不能打人而已，回去用清水沖洗一下就沒事了。」

神情向來清冷的趙陵，聽到雲歌笑語，又看到軍官的狼狽樣子，唇角也輕抿起一絲笑意，負手而立，一副看好戲的樣子。

這兩個人……年齡不大，脾氣卻一個比一個大！

為了這一隊官兵日後能保住性命，只能犧牲自己了。

趙破奴無奈地嘆了口氣，一面大叫著不要動手，一面從懷中掏出一卷文書遞給軍官的隨從，「這是我們出門前，家中老爺的一封信。」

隨從正要揮手打開，瞟到文書上的封印，面色大變，立即接過細看，又趴在軍官耳邊嘀咕了一陣。

軍官忙連連作揖，「您怎麼不早說您是趙將軍的親戚呢？誤會，全是誤會……」

軍官又是道歉，又是要還錢，還說要請他們去喝酒吃飯，終於當趙破奴一再拒絕，一再表示不介意，還和軍官稱兄道弟了一番後，官兵們才離去。

眾人都嘻笑起來，「趙爺，您怎麼對他們那麼客氣？這不是折他們的壽嗎？」趙破奴卻是看著趙陵好似清清淡淡的神色，心中重重嘆了口氣。

救下的少年估計是餓過頭了，又連日驚怕，直到晚上才醒來。醒來後，他一滴眼淚都沒有，只是沉默地吃餅，一連吃了八張，還要再吃。

雲歌驚叫起來：「你會撐死的！」

少年仍舊死死盯著餅子，「吃了這一頓就沒有下一頓了。撐死總比餓死好。爹說了，餓死鬼連投胎都難。」

雲歌皺眉看著少年，一向很少說話的趙陵突然說：「把剩下的餅子都給他。」

雲歌立即將所有的餅子收到一個布囊裡遞給少年，少年抬眼盯向趙陵，一臉遲疑，趙陵微微點了一下頭。

少年接過布囊，緊緊地抱在懷裡，生怕有人會搶走的樣子。突然間，他的眼淚就掉了下來，「娘，我有吃的了，娘……爹……我有吃的了，妳不要把妹妹賣掉……娘……娘餓死了，爹……我爹死了，我爹也死了……」

剛開始是無聲的落淚，漸漸變成了嚎啕大哭，最後變成了撕心裂肺的哭叫聲，一聲聲敲裂了寧靜的夜色。

因為收成不好，他們實在交不起賦稅，可如果不交賦稅，官老爺就要收走土地，為了保住土地，父母就只好把妹妹賣了。

可是第二年因為鬧了蝗災，收成還是不好，交過賦稅，他們是一點吃的都沒有，村裡的樹皮都被扒光了，餓極了甚至連土都吃。

實在活不下去，有人說去富貴老爺手裡搶吃的，他們就去搶吃的了，然後官府說他們造反，他們覺得不管了，只要能活下去，造反就造反吧！可他們還是一個個都死了，都死了……

「為什麼你們有吃的？為什麼我們沒有吃的？娘說這是命！是誰規定的命？」

少年滿面淚痕，視線從他們臉上一個個盯過，可是沒有一個人能回答他的問題。

「和我們一起造反的識字先生說是皇上的錯，因為皇上老是要打仗，為了打仗就要好多錢，所以賦稅一再加重，人們交不起賦稅，就沒了土地，變成了流民，為了鎮壓流民，刑罰只能越來越重，一點小罪就要株連全家，既然是皇上的錯，那為什麼不許我們造皇上的反？為什麼還說造反是錯的？」

趙破奴連著說了幾聲「不要說了，住口」，都沒能阻止住少年的話語。

雲歌其實聽不大懂少年的話，只覺少年可憐，於是邊聽邊點頭：「我犯錯時，娘親都會罰我站著。如果是皇上的錯，的確應該造他的反，你們沒有錯。」

趙破奴已經不敢再看趙陵的神色，唯一的感覺就是想仰天長哭，難道是他殺孽太多，老天打算選擇今日懲罰他？

趙陵目視著篝火，徐徐說：「官逼才民反，不是你們的錯。」

少年說：「救命之恩不可忘。我聽到大家叫妳雲歌，小公子，你叫什麼？」

趙陵道：「你並沒有欠我什麼，不必記住我的名字。」

少年未再多問，緊緊抱著餅子和水囊，起身朝夜色深處走去，「你們是富貴人，我是窮人，我們的命不同。我應該謝你們救我，可也正是因為你們這樣的富貴人讓我娘和我爹死了，所以我不能謝你們。我叫月生，我會記住你們的救命大恩，日後必報。」

「喂，你去哪裡？」雲歌叫道。

「不用擔心我，我一定會活下去，我還要去找妹妹。」少年回頭深看了一眼雲歌，身影一瘸一拐地融入夜色中。

圍著篝火坐著的眾人都沉默無語。

半晌後，才有一個人低低說：「現在的地方官吏大部分都如我們今日碰見的那個兵官，欺軟怕硬，欺善怕惡，見錢眼開，對上諂媚，對下欺壓，義正詞嚴地說什麼大漢律法，不能放人，可轉眼就又為了懼怕權貴，把人放了。」

趙破奴已經連阻止的力氣都沒有了，只能大叫：「天晚了，都睡覺！」

趙陵起身向外走去，趙破奴想跟上去，趙陵卻頭未回地說：「我想一個人走一走。」

趙破奴為難地立在那裡，雲歌朝趙陵追去，向趙破奴指了指雪狼，示意他不要擔心。

趙陵走了一路，都沒有理會雲歌，後來索性坐到草地上，默默盯著夜色盡頭發呆。

雲歌在他身後站了良久，趙陵一直一動不動。

雲歌用黛筆在自己手上畫了眼睛眉毛鼻子，一隻手的人有鬍子，一隻手的人戴著花。

雲歌把手放到趙陵眼前演起了手戲，一會小姑娘的聲音，一會老頭子的聲音。

「你為什麼不開心？」

「我沒有不開心。」

「你騙人，不是騙自己說沒有不開心就可以開心的。」

老頭子板著臉不回答，戴著花的手又問：

「你為什麼整天冷著臉？」

「因為我覺得這樣看上去顯得我比較深沉，比較與眾不同。」

「雖然我覺得你冷著臉挺好看，可是我覺得你笑一笑會更好……」

「雲歌！」

趙陵忍無可忍地扭頭，看見的卻是一張比星光更璀璨的笑臉。

兩人鼻翼對鼻翼，彼此間呼吸可聞。

雲歌輕輕說：「陵哥哥，我明天就要走了。」

雲歌自己都不知道為何，語聲忽然變得有些乾澀。

也許因為趙陵是第一個能聽她嘮叨，也能聽懂她嘮叨的哥哥。她雖有兩個哥哥，可因為父親四十多歲才有了她，所以二哥年齡長她太多，即使疼她，能說的話卻很少。三哥年齡差得少一些，卻絕對沒這個耐心聽她嘀咕，昨天晚上，要換成是三哥，早拎著她的脖領子把她丟到大漠裡去了。

趙陵愣了一瞬，才接受這個事實，是呀！她只是剛認識的小姑娘，並不是會一直隨著他回長安的人，可是這樣明媚的笑顏……

恍惚間，他只覺得似乎已認識了她很久，也已經很習慣於她的唧唧喳喳。難道這就是「白頭如新，傾蓋如故」？

雲歌看趙陵盯著她發呆，笑湊到他的眼前，朝他吹了口氣，「我就要走了，不許你想別的事情，只許想我！」

雲歌是天真爛漫的笑語，趙陵卻是心驀然急跳，猛地撇過了頭，「雲歌，妳再給我講個故事。」

這個似乎連話都懶得多說的人居然會請她再講個故事，雲歌喜悅地大叫了一聲，「躺倒，躺倒，你一邊看星星，一邊聽我講故事。我有很多好聽的故事。」

雲歌未等趙陵答應，就扳著趙陵的肩讓他躺倒，自己躺到趙陵身側，趙陵的身子不自禁地就移開了一些，雲歌卻毫無所覺地順勢挪了挪，又湊到了趙陵身旁，靠著趙陵的肩膀，「你想聽什麼故事？」

趙陵的身子雖然僵硬，卻沒有再躲開，淡淡說：「講講妳為什麼臉皮這麼厚？」

「啊！嗯？什麼？哦！有嗎……」雲歌嘴裡嗯嗯啊啊了半晌，終於洩氣地說：「人家臉皮哪裡厚了？我們家臉皮最厚的是我三哥，錯了！他是壓根沒有臉皮，因為他除了吃什麼都不在乎。其實我的臉皮是很薄的……」

雲歌說著說著哈哈笑起來，笑聲像銀鈴，在星空下蕩開。聽著她的笑聲，趙陵恍惚地想著長安城的那座空曠寂寞黑沉的宮殿，也許有了雲歌的笑聲，那座宮殿會變得也如她的笑顏，溫暖明媚。也許隨著她飛翔過的腳步，他也能飛翔於天地間，至少他的心。

趙破奴來叫二人睡覺時，看到的就是星空下並肩而躺的二人。

雲歌靠在趙陵的肩頭，嘀嘀咕咕說個不停。趙陵雖然一聲不吭，可神情卻是從沒見過的溫和。

趙破奴心中暗驚，大著膽子上前說：「已經很晚了，明天還要趕路，趁早休息吧！」

趙陵眼鋒一掃，趙破奴只覺心中所思所想竟然無一能隱藏，腿一軟，差點跪下來。

「雲歌，我有些渴了，妳去幫我拿些水來，再拿兩條毯子過來。」趙陵對雲歌說，雲歌笑點了一下頭，大步跑著去拿東西。

趙陵依舊躺著未動，凝視著頭頂的星空，「雲歌的父母是誰？」

趙破奴心中震驚，面上卻不敢露出半分異樣，恭敬地回道：「我不知道。」

「不知道？天山雪駝和汗血寶馬被譽為西域兩寶，先皇為了得到汗血寶馬，發兵數十萬攻打大宛，傾大漢國力，死傷無數，才得了寶馬。這世間有幾個人能用得起天山雪駝？還有大漠天上的王白鵰，地上的王狼陪伴，雲歌又說了你和她的娘親認識，這般的人物在你認識的人中能有幾個？」

「我真的不知道。對方指點我們走出大漠是一番好意，又何必追究對方來歷？」

趙陵沉默了一瞬，輕描淡寫地說：「我不是想追查他們的身分，我……我想留下雲歌。」

趙破奴大驚失色，一下跪到了地上，「不可！萬萬不可！雲歌的父母肯定不會同意！」

「這裡不是你跪的地方，你起來。」趙陵唇角微翹，似笑非笑：「你是替雲歌的父母擔心，還是替我擔心？我倒想見見他們，只要扣下雲歌，她的父母即使是神龍，也要顯身……」

雲歌從遠處一蹦一跳地過來，身側的鈴鐺馱著毯子，「陵哥哥，水來了。」

趙陵向趙破奴揮了一下手，示意他退下。

趙破奴面色沉重地起身而去，如果雲歌真是她的孩子，那麼當年……當年的事情究竟是怎麼回事？

他不敢再往下想，心中只暗定主意，即使一死，無論如何也不能讓雲歌被扣下。

趙陵用毯子把兩人裹好。

一狼、一駝臥在他們身後，兩隻鵰臥在駱駝身上。

草原的夜空低而空曠，繁星綴滿天，再加上他們這個奇怪的組合，有一種神祕幽靜的美。

「陵哥哥，你還會來西域嗎？或者去塞北？或者出海？聽說南疆苗嶺很好玩，我還沒去過，我們可以一起去。」

「恐怕不會，就這一次機會還是我費盡心思才爭取到的，也許會是我這輩子走過最遠的地方。妳年紀比我小，去過的地方卻遠遠比我多。」

兩人沉默下來，趙陵忽地問：「雲歌，妳的故事中從來沒有提到過長安，妳願意來長安玩嗎？」

雲歌輕嘆口氣，「我爹爹和娘親不會答應，爹爹和娘親不許我和三哥踏入漢朝疆域，而且我要回家，不過……」她的眼睛瞬即又亮起來，「我爹爹說過兒女是小鷹，大了就會飛出去，我爹娘從來不管我二哥的行蹤。過幾年，等我長大一些，等我也能自己飛時，我去長安找你玩。」

趙陵望著她晶晶亮亮的眼睛，怎麼能讓這樣一雙眼睛蒙上陰影呢？

半晌後，他緩緩點了點頭，「好，我在長安等妳。」

雲歌笑拍著手，「我們打勾勾，誰都不許說話不算話。我到長安後，你可要盡地主之誼呀！」

趙陵不解，「什麼打勾勾？」

雲歌一面教他，一面詫異地問：「你怎麼連打勾勾都不會？你小時候都做些什麼？」

兩人小拇指相勾，雲歌的聲音清脆悅耳：「打勾勾，上吊，一百年，不許變！」兩人的大拇指相對一按時，雲歌自己又大笑著加了一句，「誰變誰是小豬！」

趙陵第一次露了笑意。他不笑時眼睛內幽暗黑沉，可這一笑卻恍似令滿天的星辰都融化在他的眼睛中，黑眸內點點璀璨的光芒閃動。

雲歌看得一呆，脫口而出道：「你笑起來真好看，比天上的星星還好看。」

趙陵的笑意斂去，自己有多久沒真心笑過了？是從那個夜晚，躲在簾子後，聽到父親要殺死母親時嗎？太想忘記，也在努力忘記，可是每一個瞬間只是越發清楚……

趙陵從衣領內掏出一個東西，掛到雲歌頸間，「妳到長安城後出示這個給守門人，就可以見到我。」

雲歌低頭細看，一條好似黑色絲線編織的繩子，手感特異，看著沒什麼特別，掛著的東西卻很別致，好像是女子的一副耳墜。

趙陵淡淡解釋：「這是我母親在臨走前的一晚，拔髮為繩，用自己的頭髮編織了這條繩子，做了掛墜給我留個紀念。」

雲歌一聽，急得想脫下來，「你母親去哪裡了？這是你母親為你做的，我不能收。你要怕我找不到你，就給我你腰間的玉珮做信物吧！」

趙陵按住了她的手，「等下次見到我，妳再還給我就行了，它雖是我最珍惜的東西，可有時候我也不想見它。掛在我心口，常壓得我喘不過氣來。這個玉珮……」趙陵用小指頭勾著腰間藏著的玉珮晃了晃，微光閃爍間，上面刻著的一條飛龍好似活了一般，「我自己都憎恨它，怎麼會讓妳戴著它？」

雲歌並沒有聽懂趙陵的話，但看到趙陵幽黑雙眸中的暗潮湧動，心裡莫名一澀，不禁乖乖點點頭，收下了髮繩。

雲歌摸了摸自己的頭髮，只有挽著髮鬟的絲帶，脖子上戴著的竹哨是用來和小謙、小淘交流的，手上也沒有飾物，腰間只有裝了薑片、胡椒、酸棗的荷包，這個肯定不能送人……從頭到腳摸完自己，身無餘物。

趙陵看她面色著急，淡淡說：「妳不用送我東西。」

雲歌蹙著眉頭，「來而不往非禮也！啊……對了！我看你剛見我時，盯著我的鞋子看，好像很喜歡，我送你一只鞋子，好不好？」雲歌說著話，已經脫下了腳上的鞋子，撣去鞋上的灰後，遞給了趙陵。

趙陵愣了一瞬，哭笑不得，「妳知道女子送繡鞋給男子是什麼意思嗎？」

雲歌茫然地看著趙陵，眼睛忽閃忽閃。

趙陵盯了她一會後，唇角慢慢逸出了笑，接過剛有他手掌大的鞋，鄭重地收進了懷中，一字字地說：「我收下了。雲歌，妳也一定要記住！」

雲歌用力點頭，「爹爹和我講過諾言的意義，這是我許下的諾言，我定會遵守，我一定會去找你，你也一定要等我。」

雲歌的眼睛專注而堅定，趙陵知道她人雖不大，心志卻十分堅定，此話定會實現，伸掌與她對擊了三下，「以星辰為盟，絕無悔改。」

第一次有人如此待她，珍而重之，若待成人，雲歌欣然而笑，忽想起昨夜的事情，「陵哥哥，你經常做噩夢嗎？」

趙陵沒有回答。

雲歌摸了摸他鎖著的眉頭，「我做噩夢，或者心裡不高興時，娘就會唱歌給我聽。以後你若做噩夢，我就給你唱歌，我會唱很多歌，我還會講很多故事。」

雲歌清了清嗓子，唱了起來：

黑黑的天空低垂
亮亮的繁星相隨
蟲兒飛蟲兒飛
你在思念誰
天上的星星流淚
地上的花兒枯萎
冷風吹冷風吹
只要有你陪

蟲兒飛花兒睡
一雙又一對才美
不怕天黑只怕心碎
不管累不累
也不管東南西北

雲歌的聲音猶有童稚，溫馨舒緩的曲調蕩漾在夜空下，聽得人也輕快起來。

雲歌見趙陵微笑，心中十分歡喜。

雖是童謠，歌詞卻別有深意。雲歌對詞意顯然還未真正理解，反倒趙陵心有所感，一直沉默地凝視著雲歌。

歌聲中，雲歌沒有讓趙陵睡去，反倒把自己哄睡著了。

傻雲歌，能驅走噩夢的並不是歌聲，而是歌聲裡的愛意，是因為唱歌的人有一顆守護的心。

知道她睡覺不老實，趙陵輕輕地把她往懷裡攬了攬，把毯子裹緊了些。

自從八歲後，他第一次與人如此親近，他在用身體溫暖她時，溫暖的更是自己。

太陽升起時，雲歌才迷迷糊糊醒轉，待真正清醒便懊惱地大叫：「哎呀！我怎麼睡著了？陵哥哥，你怎麼不叫醒我？我的故事還沒有講完呢！我昨日還想把我家喜歡偷寶石的小狼的故事講完呀！」

趙陵把雲歌抱放到駱駝上，「下次再講也來得及，等妳到長安後，我們會有很多時間聽妳講故事。」

天空中傳來幾聲鷳鳴，小淘和小謙立即衝向了高空，迎向兩隻正在高空盤旋的大鷳。

雲歌癟著嘴，笑著吐了吐舌頭，「哎喲！爹爹不知道又帶娘親去了哪裡，打發了三哥來接我，三哥可是個急性子，最討厭等人，我得走了。」

趙陵微一頷首，雲歌策著駱駝離去，一面頻頻向他揮手。綠羅裙下，兩隻腳一盪一盪，一隻雪白，一隻蔥綠。

趙陵忽想起一事，叫道：「趙是我母親的姓，在長安時我姓劉……」看到趙破奴和其他人正遙遙走來，他立即吞下了未出口的話。

雲歌把手攏在嘴邊，回身說：「記住了！」

趙破奴一夜未睡，思量的都是如何打消趙陵留下雲歌的念頭，卻不料清早看到的是兩人告別的一幕。

他心中一鬆，可接著又是一陣失落。

如果趙陵真扣下了雲歌，那他就可以見到她的父母。

他念頭未轉完又立即暗自譴責，竟然為了私念，全然不顧大局。何況真要算起來，趙陵和他們之間也許還有血海怨恨，如今這樣安然道別，以後永無瓜葛才是最好。

雪狼護送雲歌到了集市外，就自動停了腳步。

雲歌笑著向雪狼告別，「雪姐姐，謝謝妳了。」

雪狼矜持地轉身離去，姿態優雅高貴。

雲歌打量了一下自己，裙裾捲皺，一隻腳的鞋半趿著，一隻腳壓根沒有穿鞋，不禁好笑地想，難怪二哥說家有蕙質淑女時，三哥老是不屑地一聲冷哼，譏笑道：

「我們家是有一個淑女，不過不是二哥口中的淑女，而是雪姐，雲歌兒頂多算一個舉止有些奇怪的蠢妖女。」

雲歌剛到綠洲周邊，就看見了三哥。

她那美麗如孔雀，驕傲如孔雀，自戀亦如孔雀的三哥，正坐在榆樹頂上，望著天空。

榆樹下，幾個乞丐正在毆打一個和三哥年歲差不多大的男孩子，那個男孩子的頭髮包在一頂破舊氈帽中，身子縮成一團，任由眾人的腳落在身上，不管他人打得再凶，都沒有發出一聲，如果不是他的手腳偶爾還會動一下，倒讓人覺得已是一個死人。

雲歌輕嘆一聲，三哥說她是妖女，她倒覺得三哥行事更是古怪，底下就要出人命，三哥卻一副壓根沒有看見的樣子，依舊能專心欣賞藍天白雲。

不要說以眾凌寡，就是看在年紀差不多大，也該「小孩子」幫「小孩子」呀！

「幾位大叔，不要打了。」雲歌笑咪咪地柔聲說。

幾個乞丐正打得過癮，哪裡會理會一個小姑娘？

「幾位大叔，不要打了……」雲歌加大了音量，乞丐依舊沒有理會。

「幾位大叔，不要打了！」雲歌又加大了音量，乞丐們依舊照打。

「幾位大叔，不要打了——」一聲好似狼嘯的聲音，響徹在林間，震得樹上的葉子嘩嘩而落。

幾個乞丐被嚇得立即住手，兩個膽小的只覺心神剎那被奪，小腿肚子都嚇得直擺。

雲歌瞇著眼睛，笑著向幾個乞丐行禮，笑靨如花一般嬌嫩，聲音卻響亮粗暴如狼嚎，「大叔，真是對不住，我不知道要說這麼大聲，大叔們才能聽到，剛才說話太小聲了！」

一個年輕的乞丐，耳朵被震得嗡嗡直響，心頭火起，正想喝罵雲歌，一個年紀大的乞丐想起草原上流傳的驅策狼群的狼女傳聞，忙攔住了年輕的乞丐，陪著笑臉對雲歌說：「小姑娘，我們的耳朵很好，聽得到您說話。您快不要這樣說話了，把狼群招來，可了不得！我們這些可憐人，夜晚都在外面露宿，怕的就是牠們。」

雲歌笑著點頭，很乖的樣子，聲音也立即變得小小，「原來大叔們的耳朵都很好。大叔，你們不要打小哥哥了。」

年紀大的乞丐立即答應，示意其餘乞丐隨他離開。

「小妖孽！小雜種！」年輕的乞丐不甘心地又踢了一腳地上的男孩子，打量了一眼雲歌，露了失望之色，正打算要離開，忽瞥到雲歌鞋子上嵌的珍珠時，眼睛一亮，吞了口唾沫，全然不顧老乞丐的眼色，腆著臉說：「小姑娘，這可不是我們的錯，是這位小雜種……小兄弟偷了我們的錢……」

榆樹上傳來一聲冷哼，「雲歌，妳有完沒完？我要走了。」

三哥吹了聲口哨，就從榆樹上輕飄飄地飛出，恰落在一匹不知道從哪裡悄無聲息躥出的馬上。

雲歌知道三哥是說走就走的人，絕對不是嚇唬她，座下的馬又是二哥給他的汗血寶馬，一旦撒開蹄子，絕對不是未長大的鈴鐺追得上的，急得直叫：

「三哥，你等等我，你等等我！」

眼前這個十歲上下的少年，一身華衣，貴氣逼人，坐在馬上高傲得如一頭正在開屏的孔雀，行動間如鬼魅一般悄無聲息。

乞丐們雖不懂高深的功夫，但常年乞討，一點眼力還有。就是那個年輕乞丐也明白過來，今日的便宜不好占，一個不小心只怕會把命都搭進去，再不敢吭聲。年紀大的乞丐連連向雲歌行了幾禮後，帶著其餘人匆匆離去。

雲歌本想立即就走，可看到地上的男孩一身的血，心中放心不下，匆匆跳下駱駝去扶他，「小哥哥，你覺得怎麼樣？」

地上的男孩子聞聲睜開眼睛。

一雙如黑色瑪瑙石般美麗的眼睛，比雨後的天空更明淨，更清透，只是他的眼睛沒有寶石的清澄光輝，而是帶著荒漠一般的死寂荒蕪。

雲歌心中震動，她從未見過這麼漂亮的眼睛，也從未見過這麼絕望的眼睛。

男孩子抹了一把臉上的血，看到雲歌望著他的臉發呆，心中一聲冷笑，索性一把拽下了帽子。一頭夾雜著無數銀絲的長髮直飄而下，桀驁不馴地張揚在風中。黑白兩色相映，對比強烈，襯得瑪瑙石般的眼睛中透著難言的妖氣。

他對雲歌一笑，帶著幾分邪氣，幾分譏諷，幾分蔑視，「富貴人家的小姐，您善良純潔的心已經向世人表露過了，我也被您的善良深深打動了，我會銘記住您的恩德，您可以騎上您的駱駝離開了。」

少年雖然滿臉血污，可難掩五官的精緻。

他的面容融合了漢人和胡人的最大優點，線條既深刻又柔和，完美得如玉石雕成。配著一頭半黑半白的頭髮，猶有稚氣的臉露著一股異樣的滄桑和邪魅。

他雖然衣著破爛，躺在泥濘中，可神態高貴傲慢，讓雲歌覺得他如同一位王子，只不過……是……魔王的王子。

雲歌鼓了鼓腮幫子，眼珠子一轉後笑起來，「你想氣我，我偏不生氣！你要去看大夫，你流了好多血。」

雲歌的反應未如他所料，少年不禁深深盯了一眼雲歌，又看了看遠處馬上雲歌的三哥，哈哈笑起來，「富貴人家的小姐，看大夫那是有錢人做的事情，我賤命一條，不用花那麼多功夫。不過越是命賤的人，越是會活下去，老天還指望著我給祂解悶逗樂呢！我沒那麼容易死，您走您的路吧！」

「雲歌兒！」

三哥仰頭望天，眉頭攢成一團，夾了下馬腹，馬已經躥出去。

雲歌著急地大嚷：「三哥，我給你做『風荷凝露』吃，是我新近想出來的菜式。」

此時就是天下至寶、大漢朝的國璽和氏璧放在三哥的馬蹄下，三哥也會眼睛都不眨地任由馬蹄踩踏上去，可唯有吃，能讓他停住馬。

三哥勒住韁繩，「二十聲。」

雲歌忙點點頭，這是她自小和三哥慣用的計時方式，二十聲，就是從一數到二十，多一下也不候。

雲歌笑問男孩：「是不是有錢了，你就會去看大夫？」

男孩子的眼睛中透出譏誚，故意用自己烏黑的手抓住了雲歌的手，一個黑髒如泥，一個皓潔如雲，雲泥之別，雲歌卻一點沒有感覺，反倒順手握住了他的手，又問了一遍，「是不是有錢了，你就會去看大夫？」

男孩子望著雲歌的手，一時怔住，沒有吭聲。

雲歌笑道：「不吭聲，我就當你答應了。三哥，你有錢嗎？」

三哥頭都未回地說：「我沒有帶錢出門。我可不會被騙，家裡面有一個蠢人就夠了。即使有，也不會給那麼沒用的男人。」

地上的男孩不怒反笑，放開了雲歌的手，躺回地上，好似躺在舒服的軟榻上，笑得懶洋洋又愜意的樣子，唇邊的譏誚不知道是在嘲笑別人，還是嘲笑自己，似乎透著悲哀。

愛笑的雲歌卻斂去了笑，很認真地說：「被乞丐打不見得就是沒用，他們以大欺小，以多欺寡是他們不對。」

地上的男孩子依舊笑得沒心沒肺的樣子，黑瑪瑙般的眼睛中，光芒點點、又冷冷，如刀鋒。

三哥哼了一聲，冷著聲音說：「十五、十六……」

雲歌正著急間，地上的男孩子嘲笑地說：「富貴人家的小姐，您如果沒有錢，不如把您腳上的珍珠賞了我吧！我去換了錢找大夫。」既然已經被人看作騙子，不如就騙了。那粒珍珠看大小和成色，不要說看大夫，就是買一家醫館都可以了。

「這個也可以換錢的嗎？」雲歌只覺得珠子綴在鞋子上挺好看，所以讓娘親找人去做了鞋子，此時才知道可以換錢，笑著一點頭，立即去拽珍珠，珍珠是用金絲嵌纏到鞋面，很是堅固，一時拽不下來。

「十八、十九……」

雲歌匆匆把鞋子脫下，放到男孩子手邊，回身跳上了駱駝，追在三哥身後離去，猶遠遠地叮囑：「記得去看大夫，君子一言，駟馬難追！」

男孩子躺在地上，目送著雪白駱駝上的綠羅裙遠去，薄唇輕抿，依舊是一個懶洋洋的笑，眼睛中，死寂荒蕪的背後，透出了比最漆黑的黑夜更黑暗的傷痛。

他緩緩握住了手邊的繡鞋，唇邊的譏誚和邪氣越發地重。

原來在他人眼中意味著富貴和幸福生活的東西，在她的眼中不過是一顆用來戲耍的珠子。

「我從來不是君子！也絕不打算做君子！」

他狠狠地用力把鞋子扔了出去，仰望著高高在上，沒有任何表情，也永遠不會悲憫的天空大笑起來。

這就是命運嗎？

老天又是憑什麼決定誰該富貴？誰該低賤？誰該死？誰又該活？誰的命就更寶貴？

死老天！我絕不遵從你規定的命運，你從我手裡奪去的，我一定都會加倍拿回來！我會遇鬼殺鬼，遇神殺神！

第二章 憐芳草

那些講過的故事，他肯定已經忘記了，
曾經許過的諾言，他們誰都不能忘，
他卻也肯定已經全忘了……

時光荏苒，光陰似箭。
落花年年相似，人卻年年不同。
寒暑轉換間，當日的爛漫女孩已到及笄之年。

一間通透明亮的屋子，雖只是一間，卻有一般人家幾間那麼大。

因屋子的地下生著火，外面寒意仍重，屋內卻已如陽春三月。

窗上籠著的是碧茜紗、屋內擺著的是漢玉几，一旁的青石乳缽內散置著滾圓的東海珍珠。

少女嬌俏的笑語聲隱隱傳來。

雖聽到人語聲，從門口望進去卻不見人影，只看到高低間隔、錯落有致的檀木架子，上面放滿了各種盆栽。

有的結著累累的紅子；有的開著碗口大的白花；有的只一色翠綠，從架子的頂端直傾瀉到地上，像是綠色瀑布；有的卻是沿著架子攀援而上，直到屋頂，在屋頂上開出一朵朵火紅的星星花。

鬱鬱蔥蔥的綠色中，各種奇花異草爭奇鬥豔；融融暖意中，一室草木特有的芳香。

一重屋宇，卻恍若兩個世界，猛然間，都會以為誤入了仙子居。

再往裡走，穿繞過芬芳的花木，待看到水磨石的灶台，定會懷疑看花了眼。

即使這個灶台砌得神氣非凡，也絕不應該出現在這個屋子中。可這的的確確是一間廚房，此時正有一個面紗遮顏的黑衣女子在做菜。

雲歌斜斜坐在窗臺上，雙腳懸空，愜意地踢踏著鞋子，一邊嗑著瓜子，一邊看著阿竹做菜，「阿竹，妳是做菜，不是練劍，手放輕鬆一些！沒有招式，沒有規矩，只有心意和心情。」

阿竹卻依舊十分嚴肅，垂目盯著手中的菜刀，切出來的菜每一片都大小一樣，厚薄一樣。

雲歌不用去量也知道肯定和她第一次教阿竹切菜時，她示範切出的菜一模一樣。想到阿竹待會炒菜時，每個動作也都完全和她一樣，甚至連手勢之間的間隔時間，阿竹也會一瞬不差地重複，雲歌不禁無奈地搖了搖頭。

雲歌正心中暗罵三哥，怎麼能把一個好好的用刀高手逼成了這樣？一個小丫頭匆匆跑到門口，嚷著說：「小姐，又有個不怕死的來給妳提親了。」

雲歌嗤一聲譏笑：「等娘親把他們轟出去時，妳再來叫我去看熱鬧。」

小丫頭笑著跑走，卻是一去再未回來。

雲歌漸漸起了疑惑，對阿竹說：「我去前廳看看，一會就回來。」

阿竹點了點頭，卻未料到雲歌這個一會就回來，也變成了一去不回。

阿竹在廚房內直等到天黑，都未見雲歌回來。

趁著夜色，雲歌背著包裹，偷偷從牆頭翻出了園子。她回頭看了幾眼園子，似有猶豫，最終還是大步跑著離開。

在她身後的暗影中，一個年輕的聲音說：「雲歌兒真被爹料中了，只是被我幾句話一激，就氣得離家出走。這下人都跑了，提親的人可以回了，娘也不必再為難。爹，要我過幾日把她抓回來嗎？」

一聲輕微的嘆息，似帶著幾分笑意，又似帶著幾分悵惘：「如果我因為擔心，而盯著你的行蹤，你會樂意嗎？」

年輕的聲音沒有回答。

「小鷹長大了總要飛出去，老鷹不可能照顧小鷹一輩子，她總要學會如何照顧自己。隨她去吧！我的女兒難道連自己都照顧不了？」

「那就不管她了？」年輕的聲音平淡中卻似含著笑意。

「……」

沉默了一瞬後，一聲幾分自嘲的嘆氣：「道理是一回事，卻真做不到，四十多歲才得了個寶貝女兒，不免偏寵了些，總覺得雲兒還沒有長大。」

「爹呢？爹又要和娘出遠門？」

聲音中滿是笑意：「好不容易等到你們都長大了，當然要該幹什麼就去幹什麼了。」

年輕的聲音也笑起來，說話語氣像朋友多過像父子：「雲歌兒最喜歡黏著你們，爹，你不會是故做為難地不拒絕求親，而把雲歌兒這個小尾巴氣出家門吧？」

微風中，笑聲輕蕩。

可他卻在爹依舊銳利如鷹的眼睛中，捕捉到了幾分說不清道不明的東西。爹似乎想起了一個故人。

在他心中，即使天掉下來，父親也不過撣撣袖上灰，他實在無法想像什麼人能令父親有如此神情。

已經從家裡跑出來好幾日，雲歌心中依然是滿腹委屈。

不明白一向寵她的爹爹和娘親為什麼沒有把那個上門來提親的人打出去，不但沒有趕出去，聽丫頭說還招呼得十分周到。

三哥更過分，不但不幫她拿主意，還對她十分不耐煩。

三哥行事說話本就倨傲，當時更是一副巴望著她趕緊嫁人的樣子。

雲歌滿腹的委屈無人可說，又是氣憤又是傷心，當夜就從家裡跑了出來。

人都跑了，看他們怎麼辦？要嫁他們自己去嫁，她反正絕對不會嫁。

人人都以為她忘記了，爹爹和娘親也肯定認為她忘記了，可是她沒有忘。

她很清楚地記得自己許過的諾言。

當日領路後回家，爹爹和娘親見到她脖子上的飾物，問她從何而來，她如實相告，卻沒有想到，爹爹和娘親的神色都變得嚴肅。

她驚怕下，約定和送鞋之事就未敢再告訴爹娘。

娘親把髮繩收走，並且命她承諾，永不再想著去找陵哥哥玩。她哭鬧著不肯答應，那是娘親和爹爹第一次沒有順她的心意。

最後娘親禁不住她哭鬧，雖然沒再逼她發誓絕不去找陵哥哥，可也無論如何不肯把髮繩還給她。

後來她偷偷去磨爹爹，想把髮繩拿回，在她心中山崩於前都不會皺眉的爹爹居然輕嘆了口氣，對她說：「雲兒，妳娘親是為了妳好，不要讓妳娘親擔心。」

雖然這麼多年過去，陵哥哥的面容都已經模糊，可那個星空下的笑容卻一直提醒著她，提醒著她許下的諾言。

當她第一次從書籍中明白，原來女子送男子繡鞋是私定終身的意思，她心跳得快要蹦出胸膛，明明四周沒有人，她卻立即把書冊合攏，好似做了不該做的事情。

那一天，她整日都精神恍惚，似愁似喜，晚上也睡不著覺，只能跑到屋頂上去看星星。

天上璀璨的星光，一如那個夜晚，他暗沉如黑夜的眼睛中透出的點點光芒。

在那個瞬間，她才真正明白他當日所說的話：

「我收下了。雲歌，妳也一定要記住！」

他收下了，他已經給了他的承諾。

雲歌回憶著和陵哥哥相處的一點一滴，她從小到大唯一的朋友。

躺在璀璨的星河下，想著長安城內的陵哥哥此時也可以看到這片星空，雲歌有一種很奇怪的感覺，覺得他此時肯定也在望著漫天星斗，既靜靜回憶著他們之間的約定，又期許著重逢之日的喜悅。

她心中的愁思漸去，一種很難言喻的欣喜漸增。

躺在屋頂，她對著天上的星星輕聲說：「我記著呢！滿天的星星都見證了我的諾言，我可不敢忘記。」

從此以後，雲歌有了一個天大的祕密。

獨自一人時，她會不自禁地偷偷笑出來；怕冷清，喜熱鬧的她突然愛上了獨處，常常一個人能望著星空發半夜的呆；會在聽到頑童笑唱「娶媳婦，穿紅衣」時，臉驀然變紅；還不願意再穿任何紅色的衣服，因為她暗暗覺得這個顏色是在某一天要穿給一個人看的。

她一直計畫著何時去找陵哥哥，本來還犯愁怎麼和爹娘說去長安才能不引起他們的疑心，沒有想到爹娘竟然想給她定親，既然爹娘都不想再留著她了，那她索性就離家出走，正好去長安見陵哥哥。

不過沒有了髮繩信物，不知道能否找到陵哥哥？見了陵哥哥，又該怎麼解釋呢？說他給自己的東西被娘親沒收了？

雲歌心中暗嘆一聲，先不要想這些，等到了長安再說吧！總會有辦法。

一路東行，雲歌心中暗讚，難怪大漢會被讚譽為天朝，市井繁華確非一般國家可比，新奇的玩意也比比皆是。

但雲歌自小見過無數珍玩異寶，父母兄長都是不繫於外物的人，所以再珍罕稀奇的東西，她也就是多看一眼，於她而言都是身外之物，一路最留心的倒是最日常的吃。但凡聽到哪個飯莊酒店的東西好吃，必定要去嚐一嚐。

唉！爹爹、娘親、哥哥都不要她了，她幹麼還要為了他們學做菜呢？

雖然心中滿是鬱悶，可自小到大的習慣哪裡那麼容易說改就改？

雲歌仍然禁不住每到一個地方就一個個酒樓跑著，遇見上好的調味料也總是忍不住買一點揣在身上。

滿心哀怨中，她會紅著臉暗想，不做給三哥吃，可以做給陵哥哥吃。

因為心中煩悶，她常扮了乞丐行路，既是存了好玩的心思，也是因為心中難過，存了和父母賭氣的心思。只覺得自己越是落魄邋遢，似乎越能讓父母難受，也才越能緩解自己心中的難受。

雲歌出門時，還是天寒地凍，一路遊玩到長安城時，已經是春暖花開的季節。

剛到長安城外的少陵原，雲歌就聽聞七里香酒樓的酒很是有名，所以決定去嚐一嚐這個七里香怎麼個香飄七里。

還未到酒樓，就看到酒樓前圍著不少人，雲歌心中一喜，有熱鬧可以看呢！可看熱鬧，人人都很是喜歡，個個探著脖子往裡擠，雲歌跳了半天腳，也沒有看到裡面究竟是什麼熱鬧。

雲歌看了看裡八圈、外八圈圍滿的人，抿嘴一笑，從袋子裡摸出昨日剛摘的魚腥草，順手揉碎，將汁液抹在手上，探著雙手往人群裡面擠。

魚腥草，顧名思義就知道味道很是不好聞。前面的人聞到異味，再瞅到雲歌的邋遢樣子，都皺著鼻子，罵罵咧咧地躲開。

雲歌一路順風地占據了最佳視野，而且絕對再無人來擠她。

她往嘴裡面丟了一顆酸梅，攏起雙手，瞪大眼睛，準備專心看戲。

一個和雲歌年紀差不多大的女子，容貌明麗，眉眼間頗有幾分潑辣勁，此時正在叱罵一個年紀比她們略小的少年。只見女子一手握著扁擔，一手擰著少年的耳朵罵道：「看你下次還敢不敢偷錢？」

少年衣衫襤褸，身形很是單薄，被女子氣勢所嚇，身子瑟瑟發抖，只是頻頻求饒，「許姐姐，妳就看在我上無八十歲老母，下無八歲嬌兒，孤零零一個人，饒了我這一次……」

女子滿面怒氣，仍然不住口地罵著少年，一面罵著，一面還用扁擔打了幾下少年。

少年的耳朵通紅，看著好像馬上就要被揪掉。失主想開口求情，卻被女子的潑辣厲害嚇住，只喃喃地說：「算了，算了！」

雲歌一路假扮乞丐，受了不少惡氣和白眼，此時看到少年的樣子，又聽到孤零零一個人的字眼，立即起了同病相憐之情。

正琢磨著如何解救少年，七里香的店主走了出來。因為人全擠在門口看熱鬧，影響了做生意，所以店主出來說了幾句求情的話。

那個女子好像和店主很熟，不好再生氣，狠狠瞪了少年幾眼，不甘願地放他離去。

女子把挑來的酒賣給店主後，仔細地把錢一枚枚數過，小心地收進懷中，拿著扁擔離去。

雲歌眼睛骨碌碌幾轉，悄悄地尾隨在女子身後。

以為沒有人留意，卻不知道她在外面看熱鬧時，酒樓上，坐於窗邊的一個戴著墨竹笠、遮去面容的錦衣男子一直在看她，此時看她離開，立即下了樓，不遠不近地綴在她身後。

雲歌跟著那個女子，行了一段路，待走到一個僻靜小巷，看左右無人，正打算下手，忽聞一聲「平君」，突感做賊心虛，立即縮回了牆角後面。

一個身材頎長，面容英俊的男子從遠處走來。

穿著洗得泛白的黑袍，腳上的鞋滿是補丁，手裡拎著一隻毛幾近光禿的雞。

他的穿著雖然寒酸落魄，人卻沒有絲毫寒酸氣，行走間像一頭獅子般慵懶隨意，眼中隱隱透著高高在上的冷淡，可他臉上的笑容卻滿是開朗明快，流露著人間平凡升斗小民的卑微暖意。

尊貴、卑微、冷淡、溫暖，極其不調和的氣質卻在男子的隱明間融於一身。

雲歌氣惱地瞪向拎著雞的男子，心卻立即漏跳了一拍。

雖然舉止笑容截然不同，可這雙眼睛……好熟悉！

即使在燦爛的陽光下，即使笑著，依然是暗影沉沉，冷意澹澹。可是雲歌知道，如果這雙眼睛也笑時，會比夜晚的星光更璀璨。

那個叫平君的女子掏出藏在懷裡的錢，數了一半，遞給拎雞的男子，「拿著！」

男子不肯接受，「今日鬥雞，贏了錢。」

「贏的錢還要還前幾日的欠帳。這是賣酒富餘的錢，我娘不會知道，你不用擔心她會嘮叨，再說……」平君揚眉一笑，從懷裡掏了一塊玉珮出來，在男子眼前轉悠了幾下，又立即收好，「你的東西抵押在我這裡，我還怕你將來不還我嗎？我可會連本帶利一塊算。」

男子揚聲而笑，笑聲爽朗。他再未推辭，接過錢，隨手揣進懷裡，又從平君手裡拿過扁擔，幫她拿著，兩人低聲笑語，一路並肩而行。

雲歌腦中一片迷茫，那塊玉珮？那塊玉珮！陽光下飛舞著的遊龍和當日星光下的一模一樣。

她發了一會的怔，掏出隨身帶的生薑塊在眼睛上一抹，一雙眼睛立即通紅，眼淚也是撲簌簌直落。

雲歌快步跑著衝向前面並肩而行的兩人，男子反應甚快，聽到腳步聲，立即回頭，眼睛中滿是戒備，可雲歌已經撞在平君身上。

男子握住雲歌的胳膊，剛想斥責，可看到乞兒的大花臉上，一雙淚花盈盈的點漆黑瞳，覺得莫名的幾分親切，要出口的話頓在了舌尖，手也鬆了勁。

雲歌立即抽回手，視線在他臉上一轉，壓著聲音對平君說了句「對不起」，依舊跌跌撞撞地匆匆向前跑去。

平君被雲歌恰撞到胸部，本來一臉羞惱，可看到雲歌的神情，顧不上生氣，揚聲叫道：「小兄弟，誰欺負妳了？」話音未落，雲歌的身影已經不見。

男子立即反應過來：「平君，妳快查查，丟東西了嗎？」

平君探手入懷，立即跺著腳，又是氣，又是笑，又是著急，「居然有人敢太歲頭上動土！劉病已，你這個少陵原的游俠頭兒也有著道的一天呀！不是傳聞這些人都是你的手下嗎？」

雲歌支著下巴，蹲在樹蔭下，呆呆看著地上的玉珮。

幾個時辰過去，人都未動過。

她本來還想著進了長安以後，沒有髮繩該怎麼找人，卻沒有想到才剛到長安近郊，就碰上了陵哥哥。

人的長相會隨著時間改變，可玉珮卻絕對不會變。

這個玉珮和當年掛在陵哥哥腰間的一模一樣，絕對不會錯！玉器和其他東西不一樣，金銀首飾也許會重樣，玉器卻除非由同一塊玉、同一個雕刻師傅所做，否則絕不可能一樣。

還有，那雙她一直都記得的眼睛。

來長安前，她想過無數可能，也許她會找不到陵哥哥，也許陵哥哥不在長安，卻從沒有想過一種可能，陵哥哥會忘記她。

可現在，她實在不敢再確定陵哥哥還記得那麼多年前的約定，畢竟那已是幾千個日子以前的事了。

而當年他不肯給她的玉珮，如今卻在另一個女子的手中。

雲歌此時就如一個在沙漠中跋涉的人，以為走到某個地方就能有泉水，可等走到後，卻發現竟然也是荒漠一片。

茫然無力中，她只覺腦子似乎不怎麼管用，一邊一遍遍地對自己說「陵哥哥不可能會忘記我，不可能。」一邊卻又有個小小的聲音不停地對她說「他忘記了，他已經忘記了。」

雲歌發了半晌呆，肚子咕咕叫時，才想起自己本來是去七里香酒樓吃飯的，結果鬧了半日，還滴水未進。

她拖著腳步，隨意進了一家麵店，打算先吃些東西。

店主看到她的打扮本來很是不情願，雲歌滿腹心事，沒有精力再戲弄他人，揚手扔了幾倍的錢給店主，店主立即態度大變，吩咐什麼做什麼。

麵的味道實在一般，雲歌又滿腹心事，雖然餓，卻吃不下，正低著頭，一根根數著麵條吃，店裡本來喧譁的人語聲，卻突然都消失，寂靜得針落可聞。

雲歌抬頭隨意望去，立即呆住。

一個錦衣男子立在店門口，正緩緩摘下頭上的墨竹笠。

一個簡單的動作，他做來卻是異樣的風流倜儻、高蹈出塵。光華流轉間，令人不能直視。白玉冠束著的一頭烏髮，比黑夜更黑，比綢緞更柔順，比寶石更有光澤。

他的五官胡漢難辨，稜角比漢人多了幾分硬朗，比胡人又多了幾分溫雅，完美若玉石雕成。這樣的人不該出現在簡陋的店堂中，應該踏著玉石階，挽著美人手，行在水晶簾裡，可他偏偏出現了，而且笑容親切溫暖，對店主說話謙謙有禮，好似對方是很重要、很尊貴的人：「麻煩您給我做碗麵。」

因為他的出現，所有的人都停止了吃麵，所有的人都盯著他看，所有的人都生了自慚形穢的心思，想要離開，卻又捨不得離開。

雲歌見過不少器宇出眾的人，可此人雅如靜水明月，飄若高空流雲，暖如季春微風，清若松映寒塘。

雲歌一瞬間想了很多詞語，卻沒有一個適合來形容他。

他給人的感覺，一眼看過去似乎很清楚，但流雲無根，水影無形，風過無痕，一分的清楚下卻是十分的難以捉摸。

這樣的人物倒是生平僅見。

男子看雲歌盯著他的眼睛看，黑瑪瑙石般的眼眸中，光芒一閃而過。

雲歌雖然暗讚對方的風姿，但自小到大，隨著父母周遊天下，見過的奇人奇事很多，她呆看著對方的原因，只是因為心中一點莫名的觸動。

像是遊山玩水時，忽然看到某處風景，明知很陌生，卻覺得恍恍惚惚的熟悉，好似夢中來過一般。

雲歌想了一會，卻實在想不起來，只得作罷，低下了頭，繼續數著麵條吃麵。

哼！臭三哥，你這隻臭孔雀，不知道見了這個人，會不會少幾分自戀？可是立即又想到三哥哪裡會來長安？爹爹，娘親，哥哥都在千里之外了，這裡只有她一個人，孤零零的一個人……

男子笑問雲歌，「我可以坐這裡嗎？」

雲歌掃了一眼店堂，雖然再無空位，可也沒有必要找她搭桌子。那邊一個老美女，那邊一個中美女都盯著他看呢！他完全可以找她們搭桌子，何必找她這個滿身泥汙的人？

「吃飯時被人盯著，再好吃的飯菜也減了味道。」

男子眉間幾許無奈，笑容溫和如三月陽光。

雲歌一路行來，但凡穿著乞丐裝，更多是白眼相向，此時這個男子卻對她一如她穿著最好的衣服。雲歌不禁對此人生了一分好感，輕點了一下頭。

男子拱手作謝，坐在了她的對面。

當眾人的眼光都齊刷刷地釘到她身上時，雲歌立即開始萬分後悔答應男子和自己搭桌。不過，後悔也晚了，忍著吧！

店主端上來一個精緻美麗到和整個店堂絲毫不配的碗，碗內的肉片比別人多，比別人好，麵也比別人多，陣陣撲鼻的香氣明確地告訴雲歌，這碗麵做得比自己的好吃許多。

雲歌重重嘆了口氣，這就是美色的力量！不是只有女人長得美可以占便宜，男人長得美，也是可以的。

男子看雲歌看一眼他的麵，才極其痛苦地吃一口自己的麵，溫和一笑，將麵碗推給雲歌，「我可以分妳一半。」

雲歌立即毫不客氣地將他碗中的麵撈了一半過來。

「我叫孟玨，孟子的孟，玉中之王的玨。」

雲歌正埋首專心吃麵，愣了一瞬才明白男子在自我介紹，她口裡還含著一大口麵，含含糊糊地說：「我叫雲歌。」

雲歌吃完麵，嘆了口氣說：「牛尾骨、金絲棗、地朴薑，放在黃土密封的陶罐燉熬三日，骨髓入湯，雖然材料不好，選的牛有些老，不過做法已不錯了。」

孟玨夾著麵，點頭一笑，似乎也是讚賞麵的味道。

雲歌輕嘆一聲，這個人怎麼可以連吃麵的姿勢都這麼好看？

她支著下巴，無意識地望著孟玨發呆，手在袖子中把玩著玉珮。

來長安的目的就是尋找陵哥哥，人如願找到了，可她反倒不知道接下來該怎麼辦了？

孟玨看著好似盯著自己，實際卻根本沒有看他的雲歌，眼睛中流轉過一絲不悅，一絲如釋重負，短短一瞬，又全變成了春風般溫和的笑意。

雲歌依舊在怔怔發呆，孟玨掃眼間看到店外的人，立即叫店主過來結帳。他進袖子掏了半天，卻還是沒有把錢掏出來。

店主和店堂內眾人的神色都變得詫異奇怪，孟玨低聲嘆氣：「錢袋肯定是被剛才撞了我一下的乞丐偷走了。」

雲歌一聽，臉立即燙了起來，只覺得孟玨說的就是她。

幸虧臉有泥汙，倒是看不出來臉紅，雲歌掏了錢扔給店主，「夠了嗎？」

店主立即笑起來：「夠了，足夠了！」

孟玨只是淺淺而笑地看著雲歌掏錢的動作，沒有推辭，也沒有道謝。

雲歌和孟玨並肩走出店堂時，身後猶傳來店主的感慨：「怪事年年有，今日還真是特別多！開店二十年，第一次見進店吃飯的乞丐，第一次見到如天人般的公子。可衣著華貴的公子，吃不起一碗麵，反倒一身泥汙的乞丐出手豪闊。」

雲歌瞥到前面行走的二人，立即想溜。偏偏孟玨拽住了她，誠懇地向她道謝，雲歌幾次用力，都沒有從孟玨手中抽脫胳膊。

孟玨的相貌本就極其引人注意，此時和一個衣衫襤褸的乞丐拉拉扯扯，更是讓街上的人都停了腳步觀看。

行走在前面的許平君和劉病已也跟著回頭看發生了什麼事情，兩人看到雲歌，立即大步趕了過來。

許平君人未到，聲先到：「臭乞丐，把偷的東西交出來，否則要妳好看！」

街上的人聞聲，都鄙夷地盯向雲歌，孟玨則滿臉詫異震驚地鬆了手。

雲歌想跑，劉病已擋在了她面前，面上嘻嘻笑著，語聲卻滿是寒意，「妳面孔看著陌生，外地來的嗎？如果手頭一時緊，江湖救急也沒什麼，可不該下手如此狠。行規一，不偷婦人，男女有別，偷婦人免不了手腳上占人家便宜；行規二，不偷硬貨，玉器這些東西往往是世代相傳的傳家寶貝，是家族血緣的一點念想，妳連這些規矩都不懂嗎？」

雲歌想過無數次和陵哥哥重逢時的場面，高興的，悲傷的，也想過無數次陵哥哥見了她，會對她說什麼，甚至還幻想過她要假裝不認識他，看他會如何和她說話。

可原來是這樣的……原來是厭棄鄙夷的眼神，是叱責冷淡的語氣。

她怔怔看著對面的陵哥哥，半晌後才囁嚅著問：「你姓劉嗎？」

當日陵哥哥說自己叫趙陵，後來卻又告訴她是化名，雲歌此時唯一能肯定的就是陵哥哥姓劉，名字卻不知道是否真叫陵。

劉病已以為對方已經知道他的身分，知道他是長安城外地痞混混的頭，點頭說：「是。」

「還給我！」

許平君向雲歌伸手索要玉珮，語聲嚴厲。

雲歌咬著唇，遲疑了一瞬，才緩緩掏出玉珮，遞給許平君。

許平君要拿，雲歌卻好像捨不得地沒有鬆力。

許平君狠用了一下力，才從雲歌手中奪了過去。看街上的人都盯著她們看，想起劉病已叮囑過玉珮絕不可給外人看到，遂不敢細看，匆匆將玉珮掩入袖中，暗中摸了摸，確定無誤，方放下懸了半日的心。

「年紀不大，有手有腳，只要肯吃苦，哪裡不能討一碗飯吃？偏偏不學好，去做這些不正經的事情！」

許平君本來一直心恨這個占了她便宜，又偷了她東西的小乞丐，可此時看到小乞丐一臉茫然若失，淚花隱隱的眼中暗藏傷心，嘴裡雖然還在訓斥，心卻已經軟了下來。

劉病已聽到許平君的訓斥聲，帶著幾分尷尬，無奈地嘻嘻笑著。

一旁圍觀的人，有知道劉病已平日所為，也都強忍著笑意。要論不學好，這長安城外的少陵原，有誰比得過劉病已？雖然自己不偷不搶，可那些偷搶的江湖游俠都是他的朋友。耕田打鐵餵牛，沒有精通的，鬥雞走狗倒是聲名遠播，甚至有長安城內的富豪貴冑慕名前來找他賭博。

雲歌深看了劉病已一眼，又細看了許平君一眼。

他的玉珮已送了別人，那些講過的故事，他肯定已經忘記了，曾經許過的諾言，他們誰都不能忘，也肯定已經全忘了。

雲歌嘴唇輕顫，幾次都想張口，可看到許平君正盯著她。少女的矜持羞澀讓她怎麼都沒有辦法問出口。

算了！已經踐約來長安見過他，他卻已經忘記了，一切就這樣吧！

雲歌默默地從劉病已身側走過，神態迷茫，像是一個在十字路口迷了路的人，不知道該何去何從。

「等一等！」

雲歌心頭驟跳，回身盯著劉病已。

其實劉病已也不知道為何叫住雲歌，愣了一瞬，極是溫和地說：「不要再偷東西了。」說著將自己身上的錢拿了出來，遞給雲歌。

許平君神情嗔怒，嘴唇動了動，卻忍了下來。

雲歌盯著劉病已的眼睛，「你的錢要還帳，給了我，你怎麼辦？」

劉病已灑然一笑，豪俠之氣盡顯，「千金散去仍會來。」

雲歌側頭而笑，聲音卻透著哽咽：「多謝你了，你願意幫我，我很開心，不過我不需要你的錢。」

她瞟了眼強壓著不開心的許平君，匆匆扭過了頭，快步跑著離去。

劉病已本想叫住雲歌，但看到許平君正盯著他，終只是撓了撓腦袋，帶著歉意朝許平君笑了笑。

許平君狠瞪了他一眼，扭身就走。

劉病已忙匆匆去追，經過孟玨身側時，兩人都是深深盯了對方一眼，又彼此點頭一笑，一個笑得豪爽如丈夫，一個笑得溫潤如君子。

街上的人見沒有熱鬧可看，都慢慢散去。

孟玨卻是站立未動，負手而立，唇邊含著一抹笑，凝視著雲歌消失的方向。

夕陽將他的身影拖出一個長長的影子，街道上經過的人雖多，可不知道什麼原因，都自動地遠遠避開他。

雲歌一直沿著街道不停地走，天色已經黑透，她仍然不知道自己該去哪裡，只能繼續不停地走著。

「客官，住店嗎？價格實惠，屋子乾淨，免費熱水澡。」路旁的客棧，小二正在店門口招攬生意。

雲歌停住了腳步，向客棧行去，小兒把她擋在了客棧門口：「要討吃的到後門去，那裡有剩菜施捨。」

雲歌木著臉，伸手入懷掏錢，一摸卻是一個空。

原先在家時，從來不知道錢財重要，可一路行來，她早已經明白「一文錢逼死英雄」的道理，心內立即著急緊張起來，渾身上下的翻找，不但錢袋和攜帶的首飾不翼而飛，連她收調料的各種荷包也丟了。

她苦惱到極點，不禁嘆氣苦笑起來，二哥常說「一飲一啄，莫非前緣」，可這個報應也來得太快了。

小二僅有的幾分耐心早已用完，大力把雲歌推了出去，「再擋在門口，休要怪我們不客氣！」

小二的臉比翻書還快，語音還未落，又一臉巴結奉承，喜孜孜地迎上來，雲歌正奇怪，已聽到身後一個溫和的聲音，「她和我一起。」

小二一個磕巴都不打地立即朝雲歌熱情叫了聲「少爺」，一面接過孟珏手中的錢，一面熱情地說：「公子肯定是要最好的房了，我們正好有一套獨戶小園，有獨立的花園、廚房，優雅清靜，既適合常住，也適合短憩……」

孟珏的臉隱在斗笠下，難見神情。雲歌瞟了他一眼，提步離去。

「雲歌，妳下午請過我吃飯，這算作謝禮。」

雲歌猶豫著沒有說話，卻實在身心疲憊，再加上素來在錢財上灑脫，遂木著臉，點了一下頭，跟在孟珏身後進了客棧。

暖暖的熱水澡洗去了她身上的風塵污垢，卻洗不去她心上的疲憊茫然，在榻上躺了半晌仍然無法入睡。

聽到熟悉的琴音隱隱傳來，她心內微動，不禁披衣起來。

一路之上，是為了好玩才扮作男子，並非刻意隱瞞自己的女兒身，所以只是把頭髮隨意挽了一下，就出了門。

一彎潭水，假山累累疊疊，上面種著鬱鬱蔥蔥的藤蘿，潭水一側，青石間植了幾叢竹子，高低疏密，錯落有致。

孟玨一身月白的袍子，正坐於翠竹前，隨手撥弄著琴。一頭綢緞般的烏髮近乎奢華地披散而下，直落地面。

此情此景，令雲歌想起了一首讀過的詩，覺得用在孟玨身上再合適不過，「瞻彼淇奧，綠竹猗猗。有匪君子，如切如磋，如琢如磨。」

聽到雲歌的腳步聲，孟玨抬眼望向雲歌，彷彿有月光隨著他的眼眸傾瀉而下，剎那間整個庭院都籠罩在一片清輝中。

他並沒有對雲歌的女兒容貌流露絲毫驚疑，眸光淡淡從雲歌臉上掃過，就又凝注到琴上。雲歌也免去了解釋，默默坐在另外一塊石頭上。

從小就聽的曲子，讓雲歌心上的疲憊緩解了幾分。

一曲完畢，兩人依舊沒有說話。

沉默了好一會後，雲歌才說：「『昔我往矣，楊柳依依。今我來思，雨雪霏霏。』我二哥也很喜歡這首曲子，以前我不開心時，二哥常彈給我聽。」

「嗯。」

「我不是小偷，我沒有偷那個女子的玉珮。我剛開始是想捉弄她一下，後來只是想仔細看一下她的玉珮。」

「我知道。」

雲歌疑惑地看向孟玨，孟玨的視線從她的臉上掠過，「剛開始的確有些吃驚，可仔細一想妳的言行舉止，就知道妳出身富裕之家。」

「你肯定心裡納悶，不是小偷還會偷東西？二哥有一個好朋友，是很出名的妙手空空兒，他是好人，不是壞人。他為了吃我做的菜，教了我他的本領。不過他和我吹噓說，如果他說自己是天下第二，就絕對不敢有人說天下第一，可我的錢被人偷了，我一點都沒有察覺。以後見了他，一定要當面嘲笑他一番，牛皮吹破天！」雲歌說著，噘嘴笑起來。

孟玨低垂的眼內閃過思量，唇角卻依舊含著笑，輕輕撥弄了一下琴弦，叮叮咚咚幾聲脆響，好似附和著雲歌的笑。

「這段時間我一直很倒楣，本來以為到了長安能開心，可是沒有想到是更不開心。和你說完話心裡舒服多了，也想通了，既來之，則安之，反正我現在有家回不得，那就好好在長安遊玩一番，也不枉千里迢迢來一趟。」雲歌拍了拍雙手，笑咪咪地站起來，「多謝你肯聽我嘮叨！不打擾你，我回屋子睡覺了。」

雲歌走了兩步，突然轉身，不料正對上孟玨盯著她背影的眼睛，那裡面似有銳光，一閃而過，她怔了一下，笑著說：「我叫雲歌，白雲的雲，歌聲的歌。玉中之王，現在我們真正是朋友了。」

一夜好眠，窗外太陽照得屋內透亮時，雲歌眼睛半睜不睜，心滿意足地展了個懶腰，「紅日高掛，春睡遲遲！」

窗外一個溫和的聲音，含著笑意，「既然知道春睡遲遲，那就該趕快起來了。」

雲歌立即臉面飛紅，隨即又掩著嘴，無聲地笑起來：「孟珏，你能借我些錢嗎？我想買套衣服穿。心情好了，也不想做乞兒了。」

「好！妳先洗漱吧！衣服過一會就送來。」

孟珏的眼光果然沒有讓雲歌失望，衣服精緻卻不張揚，於細微處見功夫，還恰好是自己最喜歡的顏色。

雲歌打量著鏡中的自己，一襲綠羅裙，盈盈而立，倒是有幾分窈窕淑女的味道。她朝鏡中的自己做了個鬼臉，轉身跑出了屋子。

「孟珏，你是長安人嗎？」

「不是。」

「那你來長安做什麼，是玩的嗎？」

「來做生意。」

「啊？」雲歌輕笑：「你可不像生意人。」

孟珏笑著反問：「妳來長安做什麼？」

「我？我……我算是來玩的吧！不過現在我已經分文沒有，玩不起了。我想先賺點錢再說。」

孟珏笑看向雲歌：「妳打算做什麼賺錢？雖然是大漢天子腳下，可討生活也並不容易，特別是女子，不如我幫妳……」

雲歌揚眉而笑：「不要瞧不起我哦！只要天下人要吃飯，我就能賺到錢，我待會就可以還你錢。我打算先去七里香工作幾日，順便研究一下他們的酒。你要和我一塊去嗎？」

孟珏凝視著雲歌，似有幾分意外，笑容卻依舊未變，「也好，正好去吃中飯。」

孟珏和雲歌並肩走入七里香時，整個酒樓一瞬間就變得寂靜無聲。

小二愣了半晌，才上前招呼，沒有問他們，就把他們領到了最好的位置，「客官想吃點什麼？」

孟珏看向雲歌，雲歌問：「想吃什麼都可以嗎？」

「我們的店雖然還不敢和城內的一品居相比，可也是聲名在外，很多城內的貴公子都特意來吃飯，姑娘儘管點吧！」

「那就好！嗯……太麻煩的不好做，只能儘量簡單一點！先來一份三潭映月潤喉，再上一份周公吐哺，一份嫦娥舞月，最後要一壺黃金甲解腥。」

小二面色尷尬，除了最後一壺黃金甲隱約猜到和菊花相關，別的是根本不知道，可先頭誇下了海口，不好意思收回，只能強撐著說：「二位先稍等一下，我去問問廚子，食材可齊全。」

孟玨笑看著雲歌，眼中含了打趣，雲歌朝他吐了吐舌頭。

店主和一個廚子一塊走到雲歌身旁，恭敬行禮：「還請姑娘恕罪，周公吐哺，我們還約略知道做法，可實在慚愧，三潭映月和嫦娥舞月卻不甚明白，不知道姑娘可否解釋一下？」

雲歌抿唇而笑：「三潭映月：取塞外伊遜之水、濟南趵突之水，燕北玉泉之水，清煮長安城外珍珠泉中的月亮魚，小火燉熬，直到魚肉盡化於湯中，拿紗過濾去殘渣，只留已成乳白色的湯，最後用浸過西塞山水的桃花花瓣和沙鹽調味。嫦娥舞月：選用小嫩的筆桿青，就是青鱔了，因為長度一定不能比一管筆長，也不能比一管筆短，所以又稱筆桿青。取其脊背肉，在油鍋內旺火烹製，配以二十四味調料，出鍋後色澤烏亮，純嫩爽口，香氣濃郁，最後盛入白玉盤，盤要如滿月，因為鱔脊細長，蜿延其中，恰似嫦娥舒展廣袖，故名嫦娥舞月。」

雲歌語聲清脆悅耳，一通話說得一個磕巴都未打，好似一切都簡單得不能再簡單，卻聽得店主和廚子面面相覷。

店主一個深深作揖：「失敬，失敬！姑娘竟是此中高手。嫦娥舞月，倉促間，我們還勉強做得，可三潭映月卻實在做不了。」

雲歌還未答話，一個爽脆潑辣的女子聲音響起：「不就是炒鱔魚嗎？哪裡來的那麼多花樣，還嫦娥舞月呢！恐怕是存心來砸場子的！」

雲歌側頭一看，竟是許平君，她正扛著一大罐酒走過桌旁。

一旁的店主立即說：「此話並不對，色、香、味乃評價一道菜的三個標準，名字好壞和形色是否悅目都極其重要。」

雲歌淺淺而笑，沒有回話，只深深吸了吸鼻子，「好香的酒！應該只是普通的高粱酒，卻偏偏有一股難說的清香，一下就變得不同凡響，這是什麼香氣呢？不是花香，也不是料香……」

許平君詫異地回頭盯了雲歌一眼，雖然認出了孟玨，可顯然未認出挑剔食物的雲歌就是昨日的落魄乞丐，她得意一笑，「妳慢慢猜吧！這個酒樓的店主已經猜了好幾年。那麼容易被妳猜中了，我還賣得什麼錢？」

雲歌滿面詫異，「此店的酒是妳釀造的？」

許平君自顧自轉身走了，根本沒有理會雲歌的問題。

雲歌皺眉思索著酒的香氣，店主和廚子大氣不敢喘地靜靜等候，孟玨輕喚了聲「雲歌」，雲歌方回過神來，忙立起向店主和廚子行禮道歉：「其實我今日來，吃飯為次，主要是為了找份工作，你們需要廚子嗎？」

店主驚疑不定地打量著雲歌，雖然已經感覺出雲歌精於飲食一道，可怎麼看，都看不出來她需要做廚子維生。

雲歌笑指了指孟玨：「我的衣服是他給我買的，我還欠著他的錢呢！不如我今日先做嫦娥舞月和周公吐哺，店主若覺得我做得還能吃，那就留下我，如不行，我們就吃飯結帳。」

那個年老的廚子大大瞅了眼孟珏，似乎對孟珏一個看著很有錢的大男人，居然還要讓身邊水蔥般的雲歌出來掙錢很是不滿，孟珏只能苦笑。

店主在心內暗暗合計，好的廚子可遇不可求，一旦錯過，腸子即使悔青了也沒有用，何況自己本來就一直思索著如何進入長安城和一品居一較長短，這個女子倒好像是老天賜給自己的一個機會。

「那好！姑娘點的這兩份菜都很考功夫，周公吐哺，食材普通，考的是調味功夫，於普通中見珍奇，嫦娥舞月考的是刀功和配色，為什麼這道菜要叫嫦娥舞月，而不叫炒鱔魚，全在刀功了。」

雲歌對孟珏盈盈一笑：「我的第一個客人就是孟公子了，多謝惠顧！」站起身，隨著廚子進了內堂。

頓飯功夫，菜未到，香先到，整座酒樓的人都吸著鼻子向內堂探望。

周公吐哺不是用一般的陶罐子盛放，而是裝在一個大小適中的剜空冬瓜中，小二故意一步步地慢走。

冬瓜外面雕刻著「周公吐哺、天下歸心」圖，瓜皮的綠為底，瓜肉的白為圖，綠白二色相映，精美得像藝術品而非一道菜。

菜肴過處，香氣浮動，眾人都嘖嘖讚嘆。

另外一個小二捧著白玉盤，其上鱔魚整看如女子廣袖，單看如袖子舞動時的水紋，說不盡的婀娜風流。

「周公吐哺。」

「嫦娥舞月。」

隨著小二高聲報上菜名，立即有人叫著自己也要這兩份菜。

店主笑得整個臉發著光：「本店新聘大廚，一日只為一個顧客做菜，今日名額已完，各位明日請早！」

雲歌笑嘻嘻地坐到孟玨對面，孟玨給她倒了杯茶，「恭喜！」

「怎麼樣？」

雲歌眼巴巴地盯著孟玨，孟玨先吃了一口剜空冬瓜內盛著的丸子，又夾了一筷子鱔魚，細細咀嚼了半晌，「嗯，好吃，是我吃過最好吃的，也是最好看的燉丸子和炒鱔魚。」

雲歌身後立即傳來一陣笑聲，想是許平君聽到孟玨說「最好看的燉丸子和炒鱔魚」，深有同感，不禁失聲而笑。

雲歌側頭看許平君，許平君一揚眉，目中含了幾分挑釁，雲歌卻是朝她淡淡一笑，回頭看著孟玨筷子夾著的丸子也大笑起來。

許平君一怔，幾分訕訕，嘲笑聲反倒小了，她打了一壺酒放到雲歌的桌上：「聽常叔說妳以後也在七里香做工，今日第一次見面，算我請妳的了。」

雲歌愣了一瞬，朝許平君笑：「多謝。」

孟玨笑看著雲歌和許平君二人：「今日口福不淺，既有美食，又有美酒。」

三人正在說話，昨日被許平君揪著耳朵罵的少年，旋風一般衝進店堂，袖子帶血，臉上猶有淚痕：「許姐姐，許姐姐，了不得了！我們打死了人，大哥被官府抓走了！」

第三章 計中計

孟玨一個人負手立於窗邊，

居高臨下地俯瞰著長安城的子民在他腳下來來往往。

午後的陽光透過窗戶陰影照到他身上，

少了幾分光明處的暖，多了幾分陰影下的冷。

許平君臉上血色剎那全無，聲音尖銳地問：「何小七，你們又打架了？究竟是誰打死了人？病已不會殺人的。」

「一個長安城內來的李公子和大哥鬥雞，輸了後想要強買大哥的雞，大哥的脾氣，姐姐知道，如果好商好量，再寶貝的東西都不是什麼大不了的事情，碰到意氣相投的人，不要說買，就是白送，大哥也願意，可那個李公子實在欺負人，大哥的脾氣上來，不管他出什麼價錢都不肯賣，那個公子羞惱成怒後命家丁毆打大哥，我們一看大哥被人打，哪還能行？立即召集了一幫兄弟打回去，後來驚動官府，大哥不肯牽累我們，一個人把過失都兜攬了過去，官府就把……把大哥抓起來了。」

「你們……你們……」許平君氣得揪住了何小七的耳朵，「民不與官鬥，你們怎麼連這個都不懂？有沒有傷著人？」

「大哥剛開始一直不許我們動手，可後來鬥雞場內一片混亂，人人都打紅了眼睛，對方的一個家丁被打死，那個公子也被大哥砸斷了腿……啊！」何小七捂著耳朵，一聲慘嚎，許平君已經丟下他，衝出了店堂。

雲歌聽到店主常叔嘆氣，裝作不在意地隨口問：「常叔，這位姐姐和那個大哥都是什麼人？」

常叔又是重嘆了口氣，「妳日後在店裡工作，會和許丫頭熟悉起來，那個劉病已更是少陵原的『名人』，妳也不可不知。許丫頭是刀子嘴，豆腐心，人能幹，一個女孩子比人家的兒子都強。劉病已，妳卻是能避多遠就避多遠，最好一輩子能不說話。傳聞他家裡人已經全死了，只剩他一個，卻盡給祖宗抹黑。明明會讀書識字，才學聽說還不錯，可性格頑劣不堪，不肯學好，鬥雞走狗、打架賭博，無一不精，是長安城郊的混混頭子。許丫頭她爹原先還是個官，雖不大，家裡倒算衣食無憂，後來卻因故觸怒了王爺，受了宮刑，許丫頭她娘自從守了活寡，脾氣一天比一天壞……」

「什麼是……」雲歌聽到宮刑，剛想問那是什麼刑罰，再聽到後面一句守活寡，心裡約莫明白了幾分，立即不好意思地說：「沒什麼，常叔，你繼續說。」

「許老頭現在整日都喝得醉醺醺，只要有酒，什麼事情都不管，和劉病已倒是很談得來，也不知道他們都談些什麼。許丫頭她娘卻是恨極了劉病已，可碰上劉病已這樣的潑皮，她是什麼辦法都沒有，只能不搭理他。許丫頭和劉病已自小認識，對他卻是極好，一如對親兄長。唉！許丫頭的日子因為這個劉病已就沒有太平過。劉病已這次只怕難逃死罪，他是頭斷不過一個碗口疤，可憐許丫頭了！」常叔嘮叨完閒話，趕著去招呼客人。

雲歌默默沉思，難怪覺得陵哥哥性格大變，原來是遭逢劇變，只是不知道發生了什麼，他的親人竟都死了。

「打死了人非要償命嗎？」

「律法上是這麼說，但是官字兩個口……看打死的是誰，和是誰打死了人。」孟玨唇邊抿了一絲笑，低垂的眼睛內卻是一絲笑意都沒有。

雲歌問：「什麼意思？」

「舉個例子，一般的百姓或者一般的官員觸怒了王侯，下場是什麼？許平君的父親只因為犯小錯就受了宮刑。同樣是漢武帝在位時，漢朝的一品大臣、關內侯李敢被驃騎將軍霍去病射殺，若換成別人，肯定要禍及滿門，可因為殺人的人是漢武帝的寵臣霍去病，當時又正是衛氏家族權傲天下時，堂堂一個侯爺的死，對天下的交代不過是一句輕描淡寫的『被鹿撞死了』。」

想到劉病已現在的落魄，再想到何小七所說的長安城內來的貴公子，雲歌再吃不下東西，只思量著應該先去打聽清楚事情的前因後果，對孟玨說，「我已經吃飽了，你若有事就去忙吧！不用陪我，我一個人可以去逛街玩。」

「好！晚上見，對了，昨日住的地方妳可喜歡？」

雲歌點點頭。

「我也挺喜歡，打算長租下來，做個臨時落腳的地方。打個商量，妳先不要另找地方住了，每日給我做一頓晚飯，算做屋錢。我在這裡待不長，等生意談好，就要離開，藉著個人情，趕緊享幾天口福。」

雲歌想著這樣倒是大家都得利，她即使要找房子，也不是立即就能找到，遂頷首答應。

雲歌在長安城內轉悠了一下午，卻因為人生地不熟，這個命案牽扯的人又似乎很不一般，被問到的人經常前一瞬還談興盎然，後一瞬卻立即臉色大變，搖著手，只是讓雲歌走，竟是什麼有用的消息都沒有打聽到。

雲歌無奈下只好去尋許平君，看看她那邊有什麼消息。

黃土混著麥草砌成的院牆，不少地方已經裂開，門扉也已經破裂，隔著縫隙就能隱約看到院內的人影。

雲歌聽到院內激烈的吵架聲，猶豫著該不該敲門，不知道敲門後該如何問，又該如何解釋。看到一個身影向門邊行來，她趕緊躲到了一邊。

「我不要妳管我，這些錢既然是我掙的，我有權決定怎麼花。」許平君一邊嚷著，一邊衝出了門。

一個身形矮胖的婦人追到門口哭喊著：「生個女兒倒是生了個冤家，我的命怎麼這麼苦？餓死了也好！一了百了！大家都給那個喪門星陪葬才稱了妳的願。」

雲歌打量了一眼婦人，悄悄跟在許平君身後。

許平君跑著轉過牆角，一下慢了腳步，雲歌看她肩膀輕輕顫抖，顯然是在哭泣。

不一會，許平君的腳步又越來越快，七拐八繞地進了一個僻靜的巷子，猛地頓住腳步，盯著前面的店鋪，半晌都沒有動。

雲歌順著許平君的視線，看到店鋪門扉側處的一個「當」字，也不禁有些怔。

許平君呆呆站了一會，一咬唇走進了店鋪。

雲歌隱在門側，側耳聽著。

「玉珮的成色太一般了，雕工也差……」

雲歌苦笑著搖搖頭。她雖從不在這些東西上留心，可三哥在衣食起居上不厭求精，所用都一定要最好中的最好，那塊玉珮就是比三哥的配飾都只好不差，這個店主還敢說成色一般，那天下好的估計也沒有了。

店主挑了半天錯，最後才慢吞吞、不情願地報了一個極其不合理的價錢，而且要是死當才肯給這個價錢，如果活當連三分之一都沒有。

許平君低著頭，摸著手中的玉珮，抬頭的一瞬，眼中有淚，語氣緩慢卻堅定，「死當，價錢再增加一倍，要就要，不要就算。」

雲歌看到許平君拿著錢匆匆離去，已經約略明白許平君要拿錢去做什麼，仔細地看了看當鋪，把它的位置記清楚後，重重嘆了口氣，腳步沉重地離開。

她腦中思緒紛雜，卻一個主意也沒有。如果是二哥，大概只需輕聲幾句話，就肯定能找出解決的法子，如果是三哥，他馬蹄過處，管你是官府還是大牢，人早就救出，可她怎麼就這麼沒有用呢？難怪三哥老說她蠢，她的確蠢。

回到客棧時，天色已經全黑，雲歌看到孟玨屋中的燈光，才想起答應過孟玨給他做晚飯，雖然一點心緒都沒有，卻更不願意失言。

她正挽起袖子要去做菜，孟玨推門而出，「今日就算了，我已經讓客棧的廚子做了飯菜，妳若沒有在外面吃過，就一起來吃一點。」

雲歌隨孟玨走進屋子，拿著筷子半晌，卻沒有吃一口。

孟玨問：「雲歌，妳有心事嗎？」

雲歌搖搖頭，夾了一筷菜，卻實在吃不下，只能放下筷子，「孟玨，你對長安熟悉嗎？」

「家中長輩有不少生意在此，還算熟悉，官面上的人也認識幾個。」

雲歌聽到後一句，心中一動，立即說：「那你……那能不能麻煩你……麻煩你……」

雲歌自小到大，第一次開口求人幫忙，何況還是一個認識不久的人，話說得結結巴巴，孟玨也不相催，只是微笑著靜聽。

「你能不能幫忙打聽一下官府會怎麼處置劉病已，有沒有辦法通融一下？我……我以後一定會報答你的。」

雲歌本來還擔心著如果孟玨問她為何要關心劉病已一個陌生人，她該如何說，因為現在的情形下，她不願意告訴別人她和劉病已認識，卻不料孟玨根本沒有多問，只是溫和地說，「妳不是說過我們是朋友了嗎？朋友之間彼此照應本就應該。這件案子動靜很大，我也聽聞了一二。妳一邊吃飯，我一邊說給妳聽。」

雲歌立即端起碗大吃了一口飯，眼睛卻是忽閃忽閃地直盯著孟玨。

「劉病已得罪的人叫李蜀，這位李蜀公子的父親雖然是個官，可在長安城實在還排不上號，但李蜀的姐姐卻是驃騎將軍、桑樂侯上官安的侍妾。」

雲歌一臉茫然，「上官安的官很大很大？」

「妳知道漢朝當今皇后的姓氏嗎？」

雲歌一臉羞愧地搖搖頭。

「不知道也沒什麼。」孟珏笑著給她夾了一筷子菜，「這事要細說起來就很複雜了，我大致給妳講一下，當今皇上登基時，還是稚齡，所以漢武帝劉徹就委任了四個托孤大臣，上官桀、桑弘羊、金日磾、霍光，這四個人，除金日磾因病早逝，剩下的三人就是現在漢朝天下的三大權臣。當今皇后上官小妹，是上官桀的孫女，霍光的外孫女，雖然今年只有十二歲，卻已經當了六年的皇后。」

「上官安是上官皇后的親戚？」

「上官安的女兒就是上官皇后，他的父親是托孤大臣之首左將軍上官桀，岳父則是大司馬大將軍霍光。」

雲歌「啊」了一聲，口中的飯菜再也嚥不下。什麼左將軍大司馬大將軍的，雲歌還實在分不清楚他們的份量，可皇后二字的意思卻是十分明白。上官皇后六歲就入宮封后，顯然不是因為自己。只此一點就可以想見她身後家族的勢力。難怪許平君會哭，會連玉珮都捨得當了死當換錢。人若都沒有了，還有什麼捨不得？

「可是，孟珏，那個人不是劉病已打死的呀！劉病已即使犯了法，那也最多是打傷了那個公子而已。我們有辦法查出打死人的是誰嗎？」

「劉病已是長安城外這一帶的游俠頭，如果真是他手下的人打死家丁，以游俠們重義輕生的江湖風氣，妳覺得他們會看著劉病已死嗎？想替罪的人大有人在，可全部被官府打回來了，因為說辭口供都漏洞百出。」

雲歌皺著眉頭思索，「你的意思……你的意思……不是劉病已的朋友打死人，那是誰？總不可能是那個公子的人吧？除非另有人暗中……否則……」

孟珏讚許地點頭，「就算不是，也不遠了。劉病已不是不知道李公子的背景，已經一再克制，可對方一意鬧事，劉病已也許不完全知道為什麼，但應該早明白絕不是為了一隻鬥雞。漢武帝在位時，因為征戰頻繁，將文帝在位時定的賦稅三十稅一，改成了十一稅率，賦稅大增，再加上戰爭的人口消耗，到武帝晚年已經是海內虛耗、戶口減半，十室半空。當今皇上為了與民休息，宣布將賦稅減少，恢復文帝所定稅賦，可朝中官員意見相左，分為了幾派，以霍光為首的賢良派，以桑弘羊為首的大夫派，以上官桀為首的仕族派……」

孟珏的目光低垂，盯著手中握著的茶杯，心思似乎完全沉浸在自己的思緒中。

他一會說漢武帝，一會說漢文帝，一會又說賦稅，雲歌約略懂一些，但大半聽不明白，雖然好像和劉病已的事情一點關係都沒有，卻知道他所說的肯定不是廢話，只能努力去聽。

孟珏若有所思地看向雲歌，幽深的眼內光芒流轉，似乎在尋求著什麼，又在昭示著什麼。

雲歌看不懂，只能抱歉慚愧地看著孟珏，「對不起，我只聽懂了一點賦稅的事情，那些什麼黨派，我沒有聽懂。」

孟玨彷彿突然驚醒，眼內光芒迅速斂去，淡淡一笑，「是我說廢話了。簡單地說，少陵原的地方官是上官桀的人，而他們沒有遵照皇上的法令與民休息。民眾蒙昧好欺，劉病已卻不是那麼好愚弄，他對官員設定的賦稅提出了質疑。如果事情鬧大了，上官桀絕對不會為了低下的小卒子費什麼功夫，地方官為了自己的安危，利用那個李蜀，至於究竟是李蜀心甘情願地幫他，還是李蜀也被上了套就不得而知。事情到此，化解得還算巧妙，上官安大概就順水推舟了。」

雲歌木木地坐著，半日都一動不動，孟玨一聲不吭地看著她。

原來是個死套。上官桀，上官安，這些陌生的名字，卻代表著高高在上的權勢，一個普通人永遠無法對抗的權勢。

雲歌一下站了起來，「孟玨，你借我些錢，好嗎？恐怕要好多，好多，我想買通獄卒去看看陵……劉病已，我還想去買一樣東西。」

孟玨端著茶杯，輕抿了一口，「借錢沒有問題。不過光靠錢救不了人，妳家裡人可有什麼辦法？」

雲歌眼中升起了朦朦水汽，「如果是在西域，甚至再往西，過帕米爾，直到條支、安息、大秦，也許我爹爹都能幫我想辦法，爹爹雖然不是權貴，只是個普通人，但我覺得只要是爹爹想做的事情，沒有做不到的。可這是漢朝，是長安，我爹爹和娘親從來沒有來過漢朝，我二哥、三哥也沒有來過漢朝，而且……而且他們也絕對不會來。」

雲歌說話時，孟玨一直凝視著她的眼睛，似乎透過她的眼睛研判著話語的真假，面上的神情雖沒有變化，可眼內卻閃過了幾絲淡淡的失望。

雲歌垂頭喪氣地坐下，「前段日子還一直生爹娘的氣，現在卻盼望著爹爹或者哥哥能是漢朝有權勢的人，可是再有權勢，也不可能超過皇后呀！除非是皇帝。早知道今日，我應該練好武功，現在就可以去劫獄，會做菜什麼用都沒有。」

雲歌說到劫獄時，一絲異樣都沒有，一副理所當然該如此做的樣子，和平日行事間的溫和截然不同。

孟玨不禁抿了一絲笑，「劫獄是大罪，妳肯劫，劉病已還不見得肯和妳流亡天涯，從此有家歸不得，居無定所。」

雲歌臉色越發黯淡，頭越垂越低。

「做菜？」孟玨沉吟了一瞬，「我倒是有一個法子，可以一試，不知道妳肯不肯？」

雲歌一下跳了起來，「我肯！我肯！我什麼都肯！」

「妳先吃飯，吃完飯我再和妳說。」

「我一定吃，我邊吃，你邊說，好不好？」

雲歌一臉懇求，孟玨幾分無奈地搖了搖頭，只能同意，「有上官桀在，他即使不說話，朝堂內也無人敢輕易得罪上官安。只有一個人，就是同為先帝托孤大臣的大司馬大將軍霍光可以扭轉整件事情。畢竟就如妳所說，此事雖然出了人命，可並非劉病已先動手，人命也並非他犯下。」

「可這個霍光不是上官安的岳父嗎？他怎麼會幫我？」

孟玨把玩著手中的茶杯，淡淡笑著，「在皇家，親戚和敵人不過是一線之間，會變來變去。傳聞霍光是一個很講究飲食的人，如果妳能引起他的注意，設法直接向他陳詞，把握好分寸，此案也許會罪不至死。不過成功的機會不到一成，而且搞不好，妳會因此和上官家族結仇，說不定也會得罪霍氏家族，後果……妳懂嗎？」

雲歌重重點了下頭，「這個我明白，機會再小，我也要試一下。」

「我會打點一下官府內能買通的人，儘量讓劉病已在牢獄中少受幾分苦，然後我們一起想辦法引起霍光的注意，讓他肯來吃妳做的菜。我能做的就這麼多了，之後的事情全都要靠妳自己。」

雲歌站起來，向孟玨鄭重地行了一禮，心中滿是感激，「謝謝你！」

「何必那麼客氣？」孟玨欠了欠身子，回了半禮，隨口問：「妳如此盡心幫劉病已是為何？我本來以為你們是陌生人。」

雲歌輕嘆了口氣，因心中對孟玨感激，再未猶豫地說：「他是我小時候……一個很……要好的朋友。只不過因為多年未見，他已經忘記我了，我也不打算和他提起以前的事情。」

孟玨沉默了一會，似笑非笑地說，「是啊！多年過去，見面不識也很正常。」

不知道孟珏用了什麼法子，短短時間內居然先後請來長安城內最紅的歌舞女、詩賦最流行的才子、以及大小官員來七里香品菜、甚至長公主的內幸丁外人都特意來吃了雲歌做的菜。

到現在，雲歌還一想起當日傻乎乎地問孟珏「什麼叫內幸，內幸是什麼品級的官員」就臉紅。倒是孟珏臉色沒有任何異樣，像是回答今天是什麼日子一樣回答了她的問題，「內幸不是官名，是對一種身分的稱呼，指他是用身體侍奉公主的人，如同妃子的稱呼，只不過妃子有品級。丁外人正得寵，很驕橫跋扈，妳明日一切小心，不過也不用擔心，只要沒有錯處，他拿了我的錢，肯定不會為難妳。」

孟珏建議雲歌只負責做菜，拋頭露面的事情交給常叔負責，而雲歌本就是只喜歡做菜，並不喜歡交際應付所有人，所以樂得聽從孟珏的建議。

在孟珏的安排下，常叔特意隱去了雲歌的身分和性別，所有來吃菜的人，除了丁外人，都沒有見過雲歌。

名人的效應，雲歌非凡的手藝，再加上孟珏有心的安排，一傳十，十傳百，一時間雲歌這個神祕的廚師成了長安城內的話題人物。

七里香也因為雲歌而聲名鵲起，在長安城內開了分店，風頭直逼長安城內的百年老字號，一品居。

在孟珏的有心謀劃下，一品居的大廚為了捍衛自己「天下第一廚」的名號，被迫向雲歌挑戰，用公開擂臺賽的方式決一勝負。

經過協商，七里香和一品居達成協定，打算請五名公開評判，由他們當眾嚐菜決定勝負。孟玨又提議增設兩個隱席，可以賣給想做評判，卻又因為自己的身分，不方便公開參加的人，價高者得之。隱席的席位隱於室內，有窗戶通向擂臺，是當眾品論菜式，還是獨自吃完後暗中點評，由他們自己決定。

一品居在長安享譽百年，很多高門世家的公子小姐自小就在一品居吃飯，而七里香不過是長安城外的小店，論和長安城內權貴的關係，當然一品居占優勢。一品居的大廚覺得孟玨的提議對己有利，遂欣然答應。

在一品居和七里香的共同努力下，一場廚師大賽比點花魁還熱鬧，從達官貴人到市井小販，人人都談論著這場大賽，爭執著究竟是華貴的一品居贏，還是平凡的七里香贏。

有人覺得一品居的廚師經驗豐富，用料老道，而且一品居能在風波迭起的長安城雄立百年，其幕後主事人的勢力不可低估，自然一品居贏；可也有不少人看好七里香，認為菜式新穎，別出心裁，有心人更看出雲歌短短時間內就能在長安城聲名鵲起，背後的勢力也絕不一般。

在眾人紛紛的議論中，有錢就賺的賭坊甚至開出了賭局，歡迎各人去下注賭這場百年難見的廚師之爭，越發將聲勢推到了極致。

雲歌卻對勝負根本未上心，甚至內心深處很有些不喜這樣濃豔的虛華和熱鬧，她滿心掛慮的就是霍光會否來，「孟玨，這樣做就可以吸引霍光大人來嗎？」

「機會很小。不過不管他來不來，這次的事情已經是長安城街知巷聞，他肯定會聽聞妳的名頭和技藝，遲早來嚐妳做的菜。」

雲歌聽到孟玨肯定的話語，才感覺好過一點，遂靜下心來，認真準備著大賽的菜肴，只心內暗暗祈禱著孟玨有意設置的兩個隱席能把霍光吸引來。

對兩個隱席的爭奪，異乎尋常的激烈，直到開賽前一天，才被人用天價競購走。

那個價位讓七里香的店主常叔目瞪口呆，居然有人會為了嚐幾盤菜，開出如此天價？都說因為先帝連年征戰，國空民貧，可看來影響的只是一般百姓，這長安城的富豪依舊一擲千金。

常叔想著七里香將來在長安城的美好「錢景」，眼睛前面全是黃燦燦的金光，本就已經把雲歌看作重寶，此時看雲歌的目光更是「水般溫柔，火般深情」。

到比賽當日，好不容易等到隱席的兩位評判到了，雲歌立即拖著孟玨去看。

肯花費天價購買隱席的人應該都是因為身分特殊，不想露面，所以為了方便隱席評判進出，特設了壁廊，只供他們出入。

此時壁廊中，一位素袍公子正一面慢走，一面觀賞著壁廊兩側所掛的畫軸。

他的年紀和雲歌差不多，五官秀雅出眾，行止間若拂柳，美是美，卻失之陰柔，若是女子，倒算絕色。

「太年輕了，肯定不會是霍光。」雲歌低聲嘟囔。

那個公子雖聽到了腳步聲，卻絲毫沒有搭理他們，只靜靜賞玩著牆上的畫，任由他們站立在一旁。

好半晌後，他方語聲冷淡地問：「這些字畫是你們拜託誰所選？雖然沒有一幅是出自名家之手，但更顯選畫人的眼光，長安城內胸中有丘壑的人不少，可既有丘壑，又有這雅趣、眼界的人卻不多。」

孟珏笑回：「能入公子眼就好，這些字畫是在下所挑。」

那個公子輕「咦」了一聲，終於微側過頭，目光掃向孟珏，在看到孟珏的一瞬，不禁頓住，似乎驚詫於鳳凰何故會停留於尋常院。

孟珏微微一笑，欠身示禮。那個公子似有些不好意思，臉微紅，卻只點了下頭表示回禮，就移開視線，看向雲歌。

雲歌朝他笑著行禮，他微抬下巴盯著雲歌，既未回禮，也沒有任何表情。

雲歌不在乎地嘻嘻一笑，聳了聳肩就自顧自地低下了頭，暗暗祈求下一個隱席的評判能是霍光。

孟珏伸手請素袍公子先行，他還未舉步，一陣女子的嘻笑聲，夾著撲鼻的香氣傳來，三人都向外看去。

一個華衣男子正摟著一個容貌豔麗的女子進入壁廊。男子的身材頎長剛健，卻看不清楚長什麼樣子，因為他的頭正埋在女子的脖子間吻著，女子欲躲不躲，嬌笑聲不斷。

素袍公子不屑再看，冷哼一聲，撇過了頭，神色不悅地盯著牆上的絹畫。

雲歌臉有些燒，可又覺得好玩，如此放浪形骸的人倒是值得仔細看看長什麼樣子。

雲歌似乎聽到孟珏輕到無的一聲嘆息，她側頭看向孟珏，卻見孟珏面色如常，容色溫和地看著前方。

那個男子直到經過他們身前時才微抬了抬頭，身子依舊半貼在女子身上，目光輕飄飄地在雲歌面上一轉，頭就又靠回了女子肩上，緊擁著女子進入他們的席位。

雲歌並未看清他的長相，只覺他有一雙極其清亮的眼睛。

簾子還未完全落下，就聽到綢緞撕裂的聲音和急速的喘息聲。

一旁的素袍公子寒著臉看向領路的僕人，孟珏立即說：「我們會重新給公子設清靜的房間，方便公子嘗試菜肴。」

孟珏示意僕人退下，他親自上前領路。

素袍公子看著孟珏的出塵風姿，聽著一旁時低時高的嬌喘聲，紅著臉低下了頭，默默跟在孟珏身後。身上的倨傲終於淡去，多了幾分一般人的溫和。

雲歌也是臉面滾燙，低著頭吐吐舌頭，一聲不吭地向外跑去，腦子裡面滑稽地想著，我們應該再給那位公子和姑娘準備衣裳，否則待會他們怎麼出門回去呢？

呀！呀！雲歌兒，妳在想什麼呢？雲歌拍了拍自己的臉頰，好不知羞！

聽到外面嘈雜的人語聲，她一下醒覺，今天還有很重要的事情要做。

既然來的兩個人都不是霍光，那她還需要做的努力很多，贏不贏並不重要，但是一定要讓長安城的人都記住她做的菜，都談論她做的菜。只要霍光喜好飲食一道，就一定要吸引他來吃她做的菜。

風荷凝露：以竹為碗，雕成荷葉狀，透明的牛蹄筋做成珍珠大小，舊年梅花熬燉，配用無根水。入口之初，覺得淡，但吃過幾口後，只覺清純爽脆，唇齒留香，如同夏日清晨飲了荷葉上的第一顆露珠，整個人都似乎浸潤了月色。

馨香盈袖：一個長方形的白色糕點，沒有任何點綴地盛放在青玉盤中。初看了，只覺詫異，這也能算一道菜？但當你遲疑著咬了第一口，青杏、薄荷、柑橘的香味縈繞在口鼻間，清爽青澀中，讓人不禁想起少年時因為一個人的第一次心跳加速；咬第二口，白荳蔻、胡椒、肉桂、甘薑，辛辣甘甜中，讓人想起了暗夜下的銷魂；咬第三口，青松，綠葉，晚香玉，餘香悠長中，讓人想起了相思的纏綿……一口又一口，竟是口口香不同，不過指長的糕點，吃完後很久，卻依舊覺得香氣盈袖，如美人在懷。

整整一天，雲歌都待在廚房。全副身心放在菜肴上。

最後經過五位評判和兩位隱評的評斷，九道菜式，雲歌三勝一平五負，雖然輸了，可謂雖敗猶榮。

雲歌在選料、調味、菜式整體編排上輸了，可她在菜肴上表現出來的創新和細巧心思，特別是她善於將詩賦、書畫、歌舞的意境化用到菜式中，從菜名到吃法都極具意趣，讓原本在君子眼中腌臢的廚房變得高雅起來，極大地博取了長安城內文人才子的讚譽，雲歌也因此博得了「雅廚」的稱號。

因為雲歌只負責做菜，從不露面，惹得眾人紛紛猜測這個神祕雅廚的年齡長相，有人說是一個容貌俊美的少年，有人說肯定相貌醜陋，反正越傳越離譜，雲歌自己聽了都覺得好笑。

有人是真心欣賞雲歌所做的菜，有人只是附庸風雅，還有人只是為了出風頭，不管什麼原因，在眾人的追捧下，吃雅廚所做的菜成為長安城內一條衡量你是否有錢、是否有才、是否有品味的象徵。

一時間，長安城內的達官貴人、才子淑女紛紛來預定雲歌的菜肴，可霍府的帖子卻一直沒有出現。

雲歌為了一點渺茫的希望，苦苦奮鬥。

劉病已案子的最後宣判日卻絲毫不因為她的祈求而遲來，依舊一日日地到了眼前。

短短一個月的時間，許平君整個人瘦了一圈，眉眼間全是傷心疲憊。因為雲歌和許平君同在七里香工作，雲歌又刻意親近，許平君恰好心中悲傷無助，少了幾分平日的銳利潑辣，多了幾分迷茫軟弱，兩人於是逐漸走近，雖還未到無話不說的地步，可也極是親近。

宣判之日，雲歌陪著許平君一同去聽劉病已的審判。兩人聽到「帶犯人上堂」，視線都立即凝到了一個方向。

不一會，就見劉病已被官差帶到堂上。一身囚服的他難掩憔悴，可行走間傲看眾人的慵懶冷淡反倒越發強烈，唇邊掛著一個懶懶的笑，一副遊戲風塵，全然沒有將生死放在心上的樣子。

龍離滄海遭蝦戲，虎落平陽被犬欺。雲歌忽然想起教她偷東西的侯老頭常唸叨的話，心中滿是傷感。

劉病已看到許平君時，面上帶了歉然。

許平君眼中全是哀求，劉病已卻只是抱歉地看了她一會，就轉開視線。

劉病已看到雲歌和許平君交握的手，眼光在雲歌臉上頓了一瞬，露了驚訝詫異。

雲歌朝他擠了一個笑，劉病已眉微揚，唇微挑，也還了雲歌一個笑。

審判過程中，所有證詞證據都是一面倒，劉病已一直含笑而聽，恍若審判的對象不是自己。

結果早在預料中，可當那個秋後問斬的判牌丟下時，雲歌仍舊是手足冰涼，但心中的一點絕不放棄，絕不能讓陵哥哥死，支持著她越發站得筆直。

許平君身子幾晃，軟倒在雲歌身上，再難克制地哭嚷出來，「人不是病已殺的，病已，你為什麼不說？兄弟義氣比命還重要嗎？你為什麼要護著那些地痞無賴？」

看到官差拿著刑杖，瞪過來，雲歌忙捂住了許平君的嘴。

劉病已感激地向雲歌微點了一下頭，雲歌半拖半抱地把許平君弄出府衙。

因為官府怕劉病已的兄弟鬧事，所以不許任何一人進入，一大群等在外面聽消息的人看到雲歌和許平君出來，都立即圍了上來。

許平君一邊哭，一邊恨怨地罵著讓他們都滾開。

何小七人雖不大，卻十分機靈，立即吩咐大家都先離開。

這些人看到許平君的反應，已經猜到幾分結果，因心中有愧，都一聲不吭地離開。

何小七不敢說話，只用眼神問雲歌。雲歌朝何小七搖了搖頭，囑咐他送許平君回家，自己匆匆去找孟玨。

孟玨正和一個容貌清矐、氣度雍華、四十多歲的男子坐於七里香飲茶，瞅到雲歌進來，彷彿沒有看見雲歌滿面的焦急，未等她開口，就笑說：「雲歌，等了妳大半日，茶都喝了兩壺。快去揀妳拿手的菜做來吃。今日碰到知己，一定要慶祝一下。」

雲歌呆了一下，和孟玨的目光相對時，立有所悟，忙壓下心內諸般感情，點頭應好，轉身進了內堂匆匆忙碌。

孟玨看著她的背影，有些發怔，又立即收回心神，笑看向對面的男子。

兩盞茶的功夫，雲歌就端了三盤菜上來。

男子每吃一道菜，雲歌就輕聲報上菜名，越往後越緊張，手緊拽著自己的袖子，連大氣都不敢喘。

黛青的玉盤，如同夜晚的天空，點點星子羅列成星空的樣子。男子夾了一個星星，咬了一口後問：「甜中苦，明明是木瓜，卻透著苦瓜的味道。三道菜，一道是綠衣，一道是騶虞，這道叫什麼名字？」

雲歌低著頭回道：「小星。」

「嘒彼小星，三五在東。肅肅宵征，夙夜在公。寔命不同！」男子慢聲低吟，「綠衣，騶虞、小星，菜中有悼亡憤怨之音，姑娘的親人有難嗎？若心中不平，不妨講出來，人命雖貴賤不同，可世間總有公理。」

雲歌瞟了眼孟玨，看他沒有反對的意思，遂低著頭，細細地把劉病已的事情講了出來，那個中年男子一面聽著，一面吃菜，間中一絲表情都沒有。

眼前的男子深不可測，喜怒點滴不顯，聽到女婿的名字時，夾菜的手連頓都未頓一下。

雲歌一段話講完，已是一背脊的冷汗。

那個男子聽完雲歌的話，沒有理會她，對孟玨含了一絲笑問，「小兄弟既然已經猜測到我的身分，怎麼還敢任由這個丫頭在我面前說出這番話？」

孟玨立即站起來，向男子行大禮，「霍大人，你剛進來時，草民的確不知道你的身分。誰能想到大漢朝的大司馬大將軍竟然會一個隨從不帶，徒步就走了進來？還和草民說話聊天，待若朋友。所以剛開始草民只是把你當作了風塵異人，後來看到大人的吃飯姿勢，心中略有疑惑，又留意到大人袖口內的宮繡，聯想到大人起先的談吐，草民才有八九分推測，也因為有先前草民一時大膽的品茶論交，才覺得雲歌的話在大人面前，沒有什麼說不得。也許律法下，其理不通，可大人一定能體諒其情。」

雲歌聽完孟玨的話，立即向霍光行禮，「民女雲歌見過霍大人。」

「妳叫雲歌？很好聽的名字，妳父母定是盼妳一生自在寫意。」霍光語氣溫和地讓雲歌起身，「難為妳小小年紀就一個人在外面闖蕩，我的女兒成君和妳年紀相仿，她還只知道撒嬌鬧脾氣。」

雲歌說：「霍小姐金枝玉葉，豈是民女敢比？」

霍光視線停留在雲歌眉目間，有些恍惚，「看到妳，倒有幾分莫名的熟悉親切感，這大概就是世人常說的眼緣吧！」

話裡的內容大出雲歌意外，不禁大著膽子細看了霍光幾眼，或許是因為霍光的溫和，只覺心裡也生了幾分親近，笑著向霍光行禮，「謝霍大人厚愛。」

霍光站起身，向外踱步而去，「妳說的事情，我會命人重新查過，公正地按大漢律法處置。」

霍光的背影剛走遠，雲歌就猛一轉身，握住了孟珏的胳膊，一面跳著，一面高興地大叫，「我們成功了，成功了！多謝你！多謝你！多謝你……」

孟珏的身子被雲歌搖得晃來晃去，「夠了，夠了，不用謝了！」

說到後來，他卻發現雲歌根本沒有往耳朵裡面去，想到雲歌這一個月來緊鎖的眉頭，難見的笑顏，心中微軟，遂只靜靜站著，任由雲歌在他身邊雀躍。

雲歌跳鬧了一會，驀然發覺自己和孟珏的親暱，立即放開孟珏的胳膊，大退一步，臉頰飛紅，吶吶地說：「我去告訴許姐姐這個好消息。」

雲歌不敢看孟珏，話還沒有說完，就迅速轉身，如一隻蝴蝶般，翩翩飛出了店堂，飛入陽光明媚的大街上。

孟珏臨窗凝視著雲歌的背影，眼中不知是譏還是憐。

真是個蠢丫頭！

霍光的話，妳到底聽懂了幾分？

孟珏忽地輕嘆口氣，算了！沒功夫再陪這個丫頭折騰。看雲歌現在對他的態度，他的目的早已經達到，也該收手了。

劉病已，這一次就先便宜了你。

「一月。」

一道黑影不知道從哪裡飛出，悄無聲息地落在屋子內的暗影處，「回公子，霍光進入七里香後，窗下賞風景的人，隔座吃飯的人都應該是保護他的侍從。」

孟珏微微而笑。

三大權臣中，性格最謹慎的就是霍光。他怎麼會給對手機會去暗殺他？

「通知李蜀，就說這個遊戲到此為止，霍光已經介入，他應該不想驚動了上官桀。他要的錢財都給他，他想要月姬，就讓月姬先陪他玩一陣。丁外人那邊也再下些功夫，他要什麼就給什麼，他喜歡高，那就順了他的心意，盡力往高處捧。」

一月低聲說：「公子費了不少錢財把劉病已不落痕跡地弄進獄中，放過了這次機會未免可惜。」

孟珏淡笑：「我自然有我的原因。想要劉病已的命，總會有機會，現在別的事情更重要。」

他此行本是特意為了雲歌而來，卻沒有料到撞見了尋訪多年的人。

雲歌在樹蔭底下凝視著偷來的玉珮發呆時，隱在暗處的他也是思緒複雜地盯著玉珮。

雖然只見過一次，可因為那塊玉珮浸潤著無數親人的鮮血，早已經是刻入骨、銘進心。

劉病已？他記得玉珮主人的真名應該叫劉詢。

他曾派了無數人尋訪劉詢的下落，甚至以為這個人也許已經死了，卻沒有想到劉詢的膽子那麼大，只改了個名字，就敢在天子腳下定居，可轉念一想，最危險的地方不也是最安全嗎？只此一點，劉病已此人就不容低估。

幼年的遭遇一幕幕從腦中滑過，他唯一想做的就是幼時想過無數次的事情，殺了劉病已。

父親不是說過劉詢的命最寶貴嗎？劉詢的血統最高貴嗎？那好……就讓最高貴的人因為最低賤的人而死吧！堂堂的衛皇孫，因為一個低賤的家丁而死，如果父親在地下知道了，不是很有意思嗎？

只是沒有料到的事情太多了，孟珏沒有料到會因為雲歌找到劉病已，也沒有料到雲歌對劉病已的關心非同一般，現在又結識了霍光，而霍光對劉病已的態度難以預測。

當年為了奪取太子之位，燕王、廣陵王早就蠢蠢欲動，卻因為有衛青在，一直不能成功。當衛氏家族的守護神衛青去世後，在眾人明裡暗中齊心合力的陷害下，衛太子劉據被逼造反，事敗後，皇后衛子夫自盡，太子的全家也盡死，僅剩的血脈劉詢流落民間。

為了斬草除根，江充在明，昌邑王、燕王、廣陵王在暗，還有上官桀和鉤弋夫人都想盡了辦法去殺劉詢，可霍光冒著風險偷偷護住了劉詢，以至於眾人都以為劉詢早死。

但這麼多年間，霍光卻又對劉詢不聞不問，任其自生自滅，似乎他的心底深處也很樂意看到劉詢死。

孟珏現在不確定霍光究竟知不知道劉病已就是劉詢，也不能確定霍光對劉病已究竟是什麼態度。而目前，他還不想去試探霍光的底線。

況且，他固然不喜劉病已，可更不想因為劉病已讓上官桀回想起當年的舊事，心生警惕，壞了他的事情。

一月彎了彎身子，「屬下明白了。」

一月剛想走，孟玨又說：「轉告大公子，請他顧及一下自己的安危，若被人知道他私進長安，安個謀反罪名絲毫不為過，請他立即回昌邑。」

一月頗是為難，孟玨沉默了會，輕嘆口氣，「實在勸不動就罷了，過幾日我和他一起回去。這幾日你們看好他，注意有沒有人留意到你們。」

一月行了一禮後，悄無聲息地消失在暗影中。

孟玨一個人負手立於窗邊，居高臨下地俯瞰著長安城的子民在他腳下來來往往。

午後的陽光透過窗戶陰影照到他身上，少了幾分光明處的暖，多了幾分陰影下的冷。

第四章 戲外戲

他的五官俊美異常，眼睛似閉非閉，唇角微揚，似含情若無意。
他的黑髮未束，衣帶鬆脫，零星花瓣散落在黑髮和紫袍間。
月夜下有一種不真實的美麗和妖異。

雲歌還一心等著重新審判，事情突然就起了意料之外的變化。

有人上官府自首，承認混亂中不小心打死了李家的家丁，口供沒有任何漏洞。

劉病已身上的命案簡單明瞭地銷了，死罪自然可免，但因為聚眾鬧事，死罪雖然免了，活罪卻是難逃，判了十八個月的監禁。

雲歌滿心的困惑不解，轉而又想管它那麼多呢，只要陵哥哥沒有事情就好。

她和許平君還沒有高興完，又傳出消息，皇帝宣旨大赦天下。

劉病已的罪名也在大赦之列，一場人頭就要落地的大禍，竟然短短幾日莫名其妙地化解了。

雲歌陪許平君去接劉病已。看到劉病已走出監牢，許平君立即迎了上去。

雲歌立在原地沒有動，只遠遠看著許平君衝到劉病已身前，似乎在哭，又似乎在生氣，劉病已不停作揖道歉，許平君終於破顏而笑。

那個與她有終身之約的人正細心寬慰著另一個女子。

雲歌移開了視線，望著遠處的天空，心中難言的酸澀。

劉病已和許平君並肩向雲歌行來。

許平君一臉開心，反倒在鬼門關前撿回一條命的劉病已未見多興奮，依舊如往日一般，笑得懶洋洋，似乎很溫暖，可雲歌總覺得他那漫不經心的笑容下透著冷漠。

「病已，這是我新近結識的朋友雲歌，你不要小看她哦！她年紀不大，可已經是長安城的名人了，她的規矩是每天只給一個顧客做菜，連長公主想吃她做的菜都要事先下帖子呢！你今日有口福了，雲歌晚上親自下廚做菜給我們吃，給你洗洗晦氣，不過這可全是我的面子。」平君說著嘻嘻笑起來。

雲歌緊張的用手緊緊拽著衣帶，可劉病已聽到她的名字後，沒有任何異樣，視線在她臉上頓了一下，笑著作了一揖，「多謝姑娘。」

雲歌的手緩緩鬆開，無力地垂落。

他真的全都忘記了！大漠中相處的兩日已澈底湮沒在幾千個分別的日子裡了！

知道他這聲多謝全是為了許平君，雲歌唇邊緩緩浮起了一個恍惚的笑，欠身回禮，「公子客氣了。」

許平君笑著拽雲歌起來，在鼻子前搧了搧，「酸氣沖天！你們兩個怎麼文縐縐的？雲歌，妳既然叫我許姐姐，那就直接喚病已一聲劉大哥就行了。病已直接叫妳雲歌，可好？」

雲歌一直笑著，笑得嘴巴發酸，嘴裡發苦，用力點頭，「好。」

雲歌正在廚房做丸子，滿手的油膩，聽到掀簾子的聲音，頭未回地說：「許姐姐，幫我繫一下圍裙，帶子鬆了。」

來人手勢輕緩地幫她繫著帶子。

雲歌覺得有點不對，身後的人沉默得不像愛熱鬧喜說話的許平君。

剛想回頭，鼻端聞到沐浴後的皂莢香，混著青年男子的體味，她立即猜到是誰，臉變得滾燙，身體僵硬，一動不敢動地站著。

劉病已繫好帶子後，笑走到一旁，毫不在意地問：「還有什麼要我幫忙？這些菜要洗嗎？」

雲歌低著頭，一面揉著丸子，一面細聲說：「不用了，我一個人做得過來。」

劉病已卻已經端過盆子，洗了起來，「又要妳出錢，又要妳出力，我也不能全吃白食呀！」

雲歌不敢抬頭地做著丸子，兩人之間沉默了下來，好半晌都只聽到盆子裡的水聲。

雲歌只覺得屋子太安靜了，好像再安靜一些，就能聽到自己的心怦怦跳的聲音。

她急匆匆地張口欲說話，想打破屋子的安靜，「你……」

「妳……」卻不料劉病已也是欲張口說話。

兩人一愣，又是同時開口：「你（妳）先說。」

劉病已不禁笑起來，雲歌也笑起來，兩人之間不覺親近了幾分。

劉病已笑著問：「妳想說什麼？」

雲歌本來只是沒話找話，此時看到劉病已洗得乾乾淨淨的菜，又擺放得極其整齊，很方便取用，笑讚道：「我三哥最講究吃，卻從不肯進廚房，二哥很樂意幫忙，也的確『幫忙』了，只不過幫的永遠都是『倒忙』，沒有想到你是幫『正忙』呢！」

「有人服侍的人自然不需要會做這些。」

劉病已淡淡一笑，起身把菜擱好，順手把不要的菜葉收拾乾淨，動作俐落。

雲歌很想問問他家裡究竟發生了什麼變故，親人怎麼會全死了，還想知道他這些年是如何過的，卻根本不知道該從何問起。

告訴他我是雲歌嗎？可他根本對雲歌二字毫無所覺。

雲歌想到那個誰都不許忘的約定，又傷感起來，低著頭，一句話都說不出來。

劉病已在一旁默默站著，看著雲歌的眼神中滿是思索探究。

他斂去了一直掛在唇邊的笑意，盯著雲歌問：「我不耐煩兜著圈子試探了，妳究竟是什麼人？為什麼要刻意接近我？」

雲歌愣了一會，才明白劉病已不知道為何，已經認出她就是那個偷玉珮的乞兒。

她不知道如何解釋，只能吶吶地說：「我不是壞人。我以為許姐姐欺負了何小七，想戲弄一下許姐姐，那只是碰巧而已。」

劉病已與她直直對視著，似乎想透過雲歌的眼睛直接看到雲歌的心。

他的眼睛，在漆黑深處隱隱有森寒的刀光劍影。

雲歌有些懼怕，想要移開視線，卻一動不能動。

他伸手輕觸到雲歌的臉頰，手指在雲歌的眉眼間拂過，唇邊慢慢地浮出笑，「妳的眼睛的確不像是壞人。」

他的指頭透著涼意，所過之處，雲歌的臉卻變得滾燙。

雲歌想躲，他反倒更進了一步，另一隻手攬住雲歌的腰，兩人的身子緊貼在了一起。

那麼熟悉的眼睛就在她眼前，雲歌一時間心如鹿撞，身子不禁有些軟。

可這雙眼睛又是那麼陌生，她看到的只有譏諷和寒冷，還有瞳孔中兩個意亂情動的自己。

她的身子打了個寒戰，清醒了幾分，用力去推劉病已。

劉病已不但未鬆力，反倒緊摟著掙扎的雲歌，就勢在雲歌的眼睛上親了一下。

「我哪裡值得他們用美人計？只要他們想，讓我死不就是一句話嗎？」

劉病已笑得很是無所謂，語聲卻透出了蒼涼。

雲歌又是羞又是惱，更多的是失望。可驚駭於他話裡的意思，顧不上生氣害羞，急急問：「誰想你死？他們是誰？」

劉病已本以為雲歌是別有意圖而來，可雲歌自始至終的反應和神態都不像作假，此時的關心更是直接從眼睛深處透出。

他對自己閱人的眼光一直很自信，心裡已經信了幾分雲歌所說的「只是湊巧」，可又對雲歌對他異乎尋常的關心不能明白，不禁思索地盯著雲歌。

孟玨恰挑簾而進，看到的一幕就是兩個緊貼在一起的人。

劉病已摟著雲歌的腰，雲歌的雙手放在劉病已胸前。

一個正雙目一瞬不瞬地盯著對方，一個是眼中有淚，面頰緋紅。

孟玨眼中的寒光一閃而過，面上的笑容卻是溫潤如春風，帶著歉意說：「我似乎進來的不是時候。」

雲歌立即從劉病已懷中跳了出來，漲紅著臉，急急分辯，「不是的，不是的。」

劉病已雙手交握於胸前，斜斜倚著櫥櫃，一派毫不在意的灑脫，「孟兄嗎？已經聽平君講了一下午的你，果然是豐神如玉，氣度華貴。難得的是孟兄肯屈尊與我們相交。」

孟玨拱手為禮，「直接叫我孟玨就好了，我不過是『士、農、工、商』四民中位於最底層的商賈，哪裡來的屈尊一說？」

「商賈呂不韋以王孫為奇貨，拿天下做生意，一統六合的秦始皇還要尊稱他為仲父。」劉病已瞟了眼雲歌，「雅廚短短時間內就能在長安城立足，絕非雲歌一人之力，只怕幕後出力謀劃的人正是孟兄，孟兄這個商賈誰敢低估？」

孟玨淡笑：「病已兄更令人讚佩，人剛出死牢，卻對長安城的風吹草動如此清楚。」

雲歌看看溫潤如玉的孟玨，再看看倜儻隨意的劉病已，無趣地嘆了口氣，低下頭專心幹活，任由他們兩個在那裡打著機鋒。

這個已經燉得差不多，可以只燜著了。

丸子該下鍋了。

盛蔥的盤子放這裡，盛薑的盤子放這裡，盛油的盤子放這裡。

……這個放……

地方被劉病已的身子給擋住了。

那就……

劉病已無意識地接過盤子拿著。

嗯！就放這裡了……

還有這個呢？孟玨的手還空著……

放這裡了。

平君進門後，眼睛立即瞪得大大。

雲歌像隻忙碌的小蜜蜂一樣飛來飛去，時不時要穿繞過杵在廚房中間的兩個男子。

兩個男子正在聊天。

一個捧著一個碟子，一個端著一個碗。

病已倒罷了，畢竟不是沒有見過他端碟子的樣子。

可孟玨……這樣一個人……手中該握的是美人手、夜光杯、狼毫筆……

反正沒有一樣會是一碗黑黝黝的麥醬。

不過，最讓許平君瞪眼的卻是雲歌視美色若等閒、廢物利用、見縫插針的本事。

許平君一手拿過碗，一手拿過碟子，「去去去，要說話到外面去，擋在這裡幹什麼？沒看人家都要忙死了，還要給你們兩個讓路。」

兩個一來一往地打著機鋒的人，已經從秦朝商賈聊到了官府禁止民間經營鹽鐵、現行的賦稅……甚至漢朝對匈奴四夷的政策。

因為兩個人都在民間長大，親眼目睹和親身感受了百姓的艱辛；都從小就顛沛流離、吃過不少苦；都一直留心朝政和朝中的勢力變化；又都是絕頂聰明的人，對很多事情的看法觀點，驚人的一致。

在一來一往的試探和交鋒中，兩人居然不知不覺地生出了幾分投契，此時被許平君一岔，才回過神來，彼此愣了一下，驀地都笑起來。在對彼此的戒備中，還是滋生了幾分對彼此的欣賞和讚嘆。

劉病已順手抄了一壺酒，孟玨見狀，經過碗櫥時順手拿了兩個酒杯。兩人會心一笑，並肩向外行去。

雲歌看許平君切菜時，一個失手險些切到手，忙一把拿過了刀，「許姐姐，我來吧！妳說去家裡取酒，怎麼去了這麼久？」

許平君轉到灶台後，幫雲歌看火，「沒什麼，有些事情耽擱了。」

過了半晌，許平君實在是琢磨不透，現在又已經和雲歌的感情很好，才把實情說出，「我去了一趟當鋪。前段日子因為要用錢，我把病已放在我這裡的一塊玉珮當了。雖然不是什麼好東西，可那是病已的家人留下的唯一東西，是他的一點念想，所以明知道當的是死當，根本沒有機會贖回來，可我總是不甘心，想去看看。可妳猜猜發生了什麼？我剛進店鋪，店主看到我來，竟然迎了出來，還沒有等我開口，就說什麼我的玉珮根本賣不出去，和我說只要我把原先賣的價錢還給他，我就能把玉珮拿回來，我立即求店主幫我留著玉珮，我儘快籌錢給他，結果他居然把玉珮直接交給我了，說我在欠據上押個手印就好，錢籌到了給他送過去就行。雲歌，妳說這事奇怪不奇怪？」

雲歌暗皺眉頭，對那個當鋪老闆頗惱怒。

虧得他還是個生意人，怎麼如此辦事？

她嘴裡卻只能輕快地說：「想那麼多幹什麼？玉珮能贖回來就行！反正妳又不是白拿，也不欠他什麼，況且東西本來就是妳的。」

許平君笑著搖搖頭，「說得也是，玉珮能拿回來就好，要不然我都不知道該怎麼和病已說。雲歌，妳能不能先……」

雲歌笑應道：「好。」

許平君爽朗地笑起來，「謝謝妳了，好妹子。雖然知道妳不缺錢，不過我還是把醜話說在前面，我沒有那麼快還給妳呀！只能慢慢還。」

不缺錢？

唉！還沒有仔細和孟玨算過，那些錢也不知道何時還得清。以後要和許姐姐學著點如何精打細算、節省過日。

雲歌側頭朝許平君做了個鬼臉，「把妳的釀酒方子給我，我就不要妳還錢了。」

許平君笑哼了一聲，「美得妳！家傳之祕，千金不賣！」

她走到廚房門口向外看了看，確定無人後又走回雲歌身側，「其實那都是我騙人的。我爹喝酒倒是很能行，釀酒一點不會。我那酒就是普通的高粱酒，只不過封存時有些特殊，不是用陶罐密存，而是封於經年老竹的竹筒中，等開封後自然暗含竹子的清香。」

雲歌笑叫起來：「啊！原來如此！我也懷疑過是竹香，還試著將竹葉浸入酒中，酒雖然有了清香，可因葉片經脈淡薄，草木的苦澀味也很快入了酒。如果收集竹葉上的露水，味道比姐姐做得清淡，卻也不錯，只是做法實在太矜貴，自製自飲還好，拿來賣錢可不實際。沒想到這麼簡單……許姐姐，妳真聰明！」

「我倒是很想受妳這句讚，可惜法子不是我想的，這是病已想出來的法子。病已雖然很少幹農活和家裡的這些活計，可只要是他碰過的，總會有些古怪法子讓事情變得簡單容易。」

雲歌呆了一下，又立即笑著說：「許姐姐，妳既然把方子告訴我，那錢就不要還了。」

「我幾時說過要賣我的酒方了？借錢就是借錢，少給我囉嗦，妳不借，我去找孟公子借。」

許平君一臉不快。

雲歌忙賠著笑說：「好姐姐，是我說錯話了。借錢歸借錢，酒方歸酒方。」

許平君嗔了雲歌一眼，笑起來。

雲歌的菜已經陸續做好，只剩最後一道湯還沒有好。

雲歌讓許平君先把菜端出去，「你們先吃吧！不用特意等我，我這邊馬上就好。」

許平君用食盒把菜肴裝好，一個人先去了。

隨後，雲歌把滾燙的陶罐放在竹籃裡，拎著竹籃向花園行去。

暮色初降。

一彎如女子秀眉的月牙，剛爬上了柳梢頭。

天氣不熱也不冷。

行走在花木間，聞著草木清香，分外舒服。雲歌不禁深深吸了吸鼻子，濃郁的芍藥花香中夾著一股淡淡的檀木香沁入心脾。

她停住了腳步，住在這的時間雖不算長，可這個花園裡的一草一木都早已經熟悉，絕對沒有檀木。

隱隱聽到衣袍的窸窣聲。

「誰？誰躲在那裡？」

「我好端端地躺在這裡看月亮，何來『躲』這一字？」

一個低沉的男子聲音，在浸染著白芍藥的夜風中無端端地透出魅惑。

雲歌心中驚訝，這個園子只有她和孟玨住，怎麼會有陌生男子？

她分開花木，深走了幾步。

柳樹後是一個種滿芍藥的花圃，本該綴滿花朵的枝頭，此時卻全變得光禿禿，滿花圃的芍藥花都被採了下來，堆在青石上。

一片芬芳的月白花瓣中，一個身著暗紫團花鑲金紋袍的男子正躺在其中。

他的五官俊美異常，眼睛似閉非閉，唇角微揚，似含情若無意。他的黑髮未束，衣帶鬆脫，零星花瓣散落在黑髮和紫袍間。

月夜下有一種不真實的美麗和妖異。

好一個辣手摧花！竟然片朵不留！

雲歌半駭半笑地嘆氣，「你好歹給我留幾個花骨朵，我本來還打算過幾日收集了花瓣做糕點呢！」

男子微微睜開眼，卻是依舊看著天空，「石板太涼。」

雲歌看到他清亮的眼眸，才認出了這個男子，「你……你是那天買了隱席位置的客人，你怎麼在這裡？你是那塊玉之王的朋友？他怎麼沒有請你和我們一塊吃飯呢？他不想讓別人知道他和你認識？」

雲歌短短幾句話，全是問句，卻是句句自問自答。

男子的視線終於落在了雲歌臉上，「玉之王？這個名字倒是有意思！妳叫什麼名字？」

「雲歌。」

「原來是……妳。」男子聲音太低，雲歌只聽到最後一個妳字，「……妳是個聰明姑娘！小玨倒不是怕別人知道我們認識，而是壓根兒不想在長安城看見我。我是偷偷跑進來的。」

他說著，唇邊勾起了笑。笑時，只唇角一邊揚起，很是魅惑和挑逗，眼睛中卻透著頑童惡作劇般的得意。

雲歌笑著轉身要走，「那你繼續和他躲著玩吧！我肚子餓了，要去吃飯。」

「喂！我也餓了，我也要吃飯！」男子從白芍藥花瓣中坐起。隨著他的起身，原本鬆鬆套在身上的衣服半敞開，瘦卻緊致的胸膛袒露在夜風中。

雲歌視線所及，腦中掠過初見這人時的景象，立即鬧了個大紅臉。

男子沒有絲毫不好意思，反倒一邊唇角微挑，含著一絲笑，頗有意趣地打量著雲歌。

雲歌見他沒有整理衣衫的意思，忙扭轉了身子，「我們正好要吃飯了，你想一塊去嗎？順便給那個玉之王一個『驚喜』。」

男子懶洋洋地站了起來，正想整理衣袍，視線從柳樹間一掃而過，手立即收了回來。

他唇邊抿著一絲笑，走到雲歌身後，緊貼著雲歌的身子，一手握著雲歌的胳膊，一手扶著雲歌的腰，俯下頭，在雲歌的耳朵邊吹著氣說：「不如我帶妳去一個地方吃東西，保管讓妳滿意。」

男子的語氣低沉暗啞，原本清涼的夜色只因他的這幾句話，就帶出了情欲的味道，透著說不出的誘惑。

雲歌想掙脫他。

男子看著沒有用勁，雲歌被他握著的胳膊卻一動不能動，身子怎麼轉都逃不出男子的懷抱。

雲歌對他可沒有羞，只有怒，不禁動了狠心，正打算將手中的竹籃砸向男子，藉著滾燙的湯將男子燙傷後好脫身，前面的柳枝忽然無風自動，孟珏緩步而出，視線落在雲歌身後。

他笑若朗月入懷，作揖行了一禮，「公子何時到的？」

男子看孟玨沒有絲毫介意的神色，頓感無趣，一下放開了雲歌。

雲歌反手就要甩他一個巴掌，他揮手間化去了雲歌的攻勢，隨手一握一推，雲歌的身子栽向孟玨。孟玨忙伸手相扶，雲歌正好跌在了孟玨懷中。

不同於男子身上混雜著脂粉香的檀木味，孟玨身上只一股極清爽的味道，如雨後青木。

雲歌心跳加速，從臉到耳朵都是緋紅。

男子似乎覺得十分有趣，撫掌大笑。

雲歌幾時受過這樣的委屈？

又羞又怒，眼淚已經到了眼眶，又被她硬生生地逼了回去。

知道自己打不過這個男子，實不必再自取其辱。

她想掙脫孟玨的懷抱，孟玨猶豫了一瞬，放開雲歌，任由雲歌跑著離開。

孟玨目送雲歌的身影消失，才又笑看向面前的男子，「公子還沒有在長安玩夠嗎？」

男子笑睨著孟玨，「美人在懷，滋味如何？你如何謝我？」

孟玨笑得沒有半絲煙火氣息，「你若想用那丫頭激怒我，就別再費功夫了。」

「既然是不會動怒的人，那就無關緊要了。既然無關緊要，那怎麼為了她滯留長安？你若肯稍假辭色，想要什麼樣的女人沒有？看她的樣子，今天晚上你竟然是第一次抱到她。孟狐狸，你所說和所行很是不符。你究竟打的什麼算盤？」

孟玨微微笑著，沒有解釋。

男子勾了勾唇角大笑起來，語聲卻仍是低沉沉，「既然如此，那麼我對她做什麼，你也不用多管了。」

孟珏不置可否地笑著，「雲歌不是你挑逗過的閨閣千金，也不是你遊戲過的風塵女子，吃了虧不要埋怨我沒有勸誡過你。」

「想採花就手腳麻利些，否則……喏！看到那個花圃了沒有？晚一步，就會被人捷足先登。聽聞她對一個叫什麼劉病已的人很不一般……」

男子趕到孟珏身側，欲伸手搭到孟珏肩上，孟珏身形看著沒有動，可男子的手已落了空。

男子無趣地嘆了口氣，「和你說話真是費力氣，我覺得越少見你，越利於我身體的健康。」他雙手捂著肚子，一臉痛苦，「哎呀！我要餓死了，聽說你們今晚有不少好吃的，真是來得早不如來得巧。」

劉病已和許平君看到孟珏身側的男子時一齊站了起來，雲歌卻是毫不理會，低著頭自顧自地吃菜。

孟珏笑道：「我的朋友突然來訪，望兩位不要介意。他恰好也是姓劉，兄弟中行大，所以我們都稱他大公子。」

大公子隨意向劉病已和許平君拱了拱手，在與劉病已的視線一錯而過時，神色一驚，待看清楚相貌，又神情懈怠下來，恢復如常。

劉病已、許平君正向大公子彎腰行禮，雲歌根本懶得搭理大公子。

三人都未留意到大公子的神情變化。

看見的孟珏微揚了一下眉，面上只微微而笑。

大公子未等劉病已和許平君行完禮，已經大大咧咧地占據了本該孟珏坐的主位，吸了吸鼻子，「嗯……好香！」

他聞到香氣是從一個蓋子半開的瓦罐中傳出，立即不客氣地動手盛了一碗。

雲歌板著臉從大公子手中奪回瓦罐，給自己盛了一碗，低頭小抿了一口。

大公子看到雲歌喝了湯，他忙一面吹著氣，一面喝湯，不一會功夫，一碗湯已經喝完，滿臉驚嘆，「好鮮美的滋味，竟是平生未嘗！入口只覺香滑潤，好湯！好湯！」

雲歌笑吟吟地看著他，一面用勺子輕撥著碗中的湯，一面細聲慢語地說：「用小火煨肉芽，使其盡化於湯中。肉芽本就細嫩潤滑，熬出的湯也是香潤滑。」

大公子看到雲歌的笑，再看到孟珏含笑的眼睛，只覺一股冷氣從腳底騰起，正在盛湯的手縮了回來，「什麼是肉芽？我自小到大也吃過不少山珍海味，卻從沒聽過肉芽這種東西。」

雲歌徐徐地說：「用上好豬腿肉放於陰地，不過幾日，其上生出乳白色的肉蛆，其體軟糯，其肉嫩滑，就是最好的乳豬肉也難抵萬一，是肉中精華，所以稱其為肉芽，將這些乳白色、一蠕一蠕的肉芽……」

大公子一個閃身，人已經跑到一邊嘔吐起來。

雲歌抿著嘴直笑，許平君忍笑忍到現在，再難忍耐，一邊揉著肚子，一邊大笑起來，劉病已也是搖頭直笑。

又是茶水漱口，又是淨手，大公子擾攘了半天，才又回來。

隔了一段距離站著，他遠遠地看著雲歌和滿桌菜肴，嘴角已再無先前的不羈魅惑，「倒是難為妳能吃得下，我實在敬佩。孟珏，我也夠敬佩你，這麼個寶貝，你怎麼想的？」

雲歌施施然地給許平君盛了一碗湯，許平君朝大公子笑了一下，喝了一口。

大公子不能相信地瞪著許平君，居然在親耳聽到雲歌剛說過的話後，還有人能喝下這個蛆做的湯？

難道他太久沒來長安，長安城的人都已經變異？

原本風流的紅塵浪蕩子，變成了一隻呆頭鵝。

雲歌看著大公子一臉的呆相，不屑地撇撇嘴，「你今年多大了？可行了冠禮？」

大公子只覺莫名其妙，指著自己沒好氣地說：「開玩笑！妳沒長眼睛嗎？小珏要叫我大哥。」

「哦……」雲歌拖著長音，笑咪咪地說，「倒不是我眼睛不好，只是有人聽話聽一半，而且別人說什麼他就信什麼，腦子如三歲小兒。」

大公子臉色難看地指著雲歌，「妳什麼意思？」

雲歌笑說：「我剛才的話還沒有說完，你就莫名其妙地跑了，難道不是聽話聽一半？我是想說，肉芽熬出來的湯固然是天下極味，卻少有人敢喝，所以我的湯味道堪比肉芽，材料卻都很普通，豆腐蛋清豬腦而已，只是做法有些特殊，你這麼一個『做著大哥的大男人』，至於反應那麼激烈嗎？」

大公子怔在當地，一瞬後瞪向孟玨。

他這個整天在女人堆中打滾的人居然被一個黃毛丫頭戲弄了？什麼風姿、什麼氣度，這下全沒有了！

孟玨笑攤攤手，一副「你現在該知道招惹她的後果」的樣子。

雲歌不再理會大公子，自顧自地與平君低聲笑語，一面飲酒，一面吃菜。劉病已也和孟玨談笑晏晏。

大公子看席上四人吃得都很是開心，大聲笑著坐回席上，又恢復了先前的不羈，「今日我捨命陪姑娘，看看姑娘還能有什麼花招，我就不信這一桌子菜你們都吃得，我吃不得。」

大公子話是說得豪氣，可行動卻很是謹慎，孟玨夾哪盤菜，他夾哪盤菜，一筷不錯。

雲歌笑給大家斟酒，大公子立即掩住了自己的酒杯，「不勞駕妳了，我自己會倒。」

一壺酒還沒有喝完，只看大公子臉漲得通紅，跳起身，急促地問：「小玨，茅……茅房在哪裡？」

孟珏強忍著笑，指了指方向。

大公子皮笑肉不笑地對雲歌說：「好手段！」

話音剛落，人已去遠。

許平君笑得被酒嗆住，一面掩著嘴咳嗽，一面問：「雲歌，妳在哪盤菜裡下了藥？怎麼我們都沒有事情？」

「我夾菜時，給每盤都下了。不過我倒的酒裡又給了解藥，他不肯喝，我有什麼辦法？」雲歌眼睛忽閃忽閃，一派善良無害的樣子。

許平君大笑：「雲歌，真是服了妳，他到底怎麼得罪妳了？」

雲歌低下了頭，癟著嘴，「沒什麼。」

今天應該起一卦，究竟是什麼日子？黑雲壓頂？還是桃花滿天？

從小到大，除了父親、哥哥、陵哥哥，再沒有被別人抱過，可今日一天，居然就被三個男人抱了。

許平君是喜歡湊熱鬧的人，忙說：「雲歌，妳還有其他整大公子的法子嗎？我和妳一起玩……」

劉病已看大公子舉止雖然散漫不羈，可舉手投足間都透著貴氣，不想雲歌和他結怨，打斷了許平君的話，「雲歌，如果氣已經消了，就算了。這次算是警戒，他要還敢再鬧妳，那妳下次做什麼都不為過。」

雲歌抬起頭，對劉病已一笑，「好，聽大哥的。」

朦朧月色下，雲歌的破顏一笑，盈盈間如春花綻放。

劉病已眼中有困惑，但轉瞬間已盡去，慣常懶洋洋的微笑中倒是難得地透了一絲暖意。

孟玨笑回著許平君關於大公子的問題，談笑如常，可手中握著的酒杯中的酒，原本平如鏡面，此時卻是漣漪陣陣。

「昔我往矣，楊柳依依。今我來思，雨雪霏霏。行道遲遲，載渴載饑。我心傷悲，莫知我哀……」

簡單的曲調中隱著淡淡哀婉。

雲歌本就睡不著，此時聽到曲子，心有所感，推門而出，漫行在月光下。

「昔我往矣，楊柳依依。今我來思，雨雪霏霏……」

雖然是從小就聽慣的曲調，但她直到今日才真正懂得了幾分曲中的意思。

今與昔，往與來，時光匆匆變換，記憶中還是楊柳依依，入眼處卻已是雨雪霏霏。

時光摧老了容顏，摧裂了情義，摧散了故人。

季節轉換間，有了生離，有了死別。

一句「昔我往矣，楊柳依依。今我來思，雨雪霏霏」應該是人世間永恆的感慨。物非人非，大概就是如此了！

幾千個日子過去，那個記憶中的陵哥哥已經澈底消失，現在只有劉大哥了。

雲歌第一次好奇起二哥的心事，看著永遠平靜溫和的二哥究竟有什麼樣的心事，才會喜彈這首曲子？

二哥，如果你在家，也許我就不會離家出走了。

可是，如果我不出來，也許我永遠都不會聽懂這首曲子，我只會是個需要他開解、他呵護的小妹。

雖然從怒而離家到現在不過幾月時間，可一路行來，人情冷暖，世事變換，雲歌覺得這幾個月是她生命中過得最跌宕的日子。

幾個月時間，她比以前懂事了許多，長大了許多，也比以前多了很多心事，她不知道這是好是壞，可這也許就是成長的代價。

孟玨正坐於竹下撫琴，一身黑袍越發襯得人豐神如玉。

這個氣度卓越不凡、容顏若美玉的人，老天似乎十分厚待他，給了他絕世的容顏，給了他非比尋常的富貴，他自己又博學多才，幾乎是一個找不到缺憾的人。

卻是為什麼偏愛這首曲子，又會是什麼樣的心事呢？

孟玨手中的琴曲突換，一曲《負荊請罪》。

雲歌原本藏在林木間不想見他，聽到他的曲子，倒是不好再躲著，走到孟玨身側，盤膝坐下，向孟玨一笑，一切盡在不言中。

待孟玨琴音終了，雲歌隨手取過琴，斷斷續續地彈起剛才的曲子。

「昔我往矣，楊柳依依。今我來思，雨雪霏霏。行道遲遲，載渴載饑。我心傷悲，莫知我哀……」

雲歌的手勢雖然優美，卻時有錯音，甚至難以繼續，一看就是雖有高人教授，但從未上心練習的結果。

孟玨往雲歌身邊坐了些，手指輕拂過琴面，放緩節奏，帶雲歌彈著曲子。

雲歌的鼻端都是孟玨的氣息，孟玨的手又若有若無間碰到雲歌的手，甚至雲歌有了錯音時，他會直接握住雲歌的手帶她幾個音。

雲歌不禁臉有些燙，心有些慌。

孟玨卻好似什麼都沒有察覺，神色坦然地教著雲歌彈琴。

雲歌的緊張羞澀漸漸褪去，身心沉入了琴曲中。

雲歌跟著孟玨的指點，反覆彈著，直到她把曲子全部記住，彈出了完整的一曲《采薇》。

星光下，並肩而坐的兩人，一個貌自娟娟，一個氣自謙謙。

雲歌隨手撥弄著琴，此琴雖不是名琴，音色卻絲毫不差。琴身素雅乾淨，無任何裝飾，只琴角雕刻了兩朵金銀花，展現的是花隨風舞的自在寫意。

刻者是個懂畫意的高手，寥寥幾筆已是神韻全具。可簡單的線條中透著沉重的哀傷，那花越是美，反倒看得人越是難過，再想到剛才的曲子，雲歌不禁伸手輕撫過金銀花。

「這琴是誰做的？誰教你這首曲子？」

「我義父。」

孟玨提到義父時，眸子中罕見地有了暖意，唇邊的笑也和他往日的笑大不一樣。

「你前幾日說要離開長安，是要回家看父母嗎？」

「我的親人只有義父。我沒有父親，母親……母親在我很小時就去世了。」

雲歌本來覺得問錯了話，想道歉，可孟玨語氣清淡，沒有半絲傷感，反倒不知道該說什麼。她沉默了會，又問：「你……你想你父母嗎？」

疏遠的人根本不會關心這個問題，稍微親近的人卻從不認為需要問他這種問題。

這是第一次有人問他這個問題，不及提防間，孟玨的眉頭微微蹙了起來，黑瑪瑙般的眼睛中有一瞬的迷惑，整個人都似乎隱入一層潮濕的霧氣中。

孟玨坐得離雲歌很近，可雲歌卻覺得剎那間他已去得很遠，恍若隔著天塹。

好半晌後，孟玨才說：「不知道。」

雲歌低著頭，手無意地滑過琴弦，是不願想，還是不敢想？

看孟玨正望著天空零落的星子出神，雲歌低聲說：「在西域月族傳說中，天上的星子是親人的靈魂化成，因為牽掛所以閃耀。」

孟玨聞言側頭看向雲歌，唇邊雖泛著笑，聲音卻冷冽若寒玉，「那麼高的天空，它們能知道什麼？又能看清什麼？」他理了理衣袍，站起身，「夜已深，歇息吧！」不過幾步，人已消失在花木間。

雲歌想提醒他忘記拿琴了，看他已經去遠，遂作罷，低著頭若有所思地撥弄著琴。

「曲子是用來尋歡作樂的，你們倒好，一個兩個都一副死了老子娘的樣子。」大公子一手拿著一個大烙餅，一手一陶罐水，蹺腿坐到藤蘿間，一口白水一口烙餅地吃著，十分香甜的樣子。

「你才死了老子娘！」雲歌頭未抬地哼著說。

「我老子娘是死了呀！要不死，我能這麼暢快？」大公子不以為忤，反倒一臉笑意。

雲歌啞然，這個人……似乎不是那麼正常。

看著他現在的樣子，想到他先前風流不羈、富貴的樣子，她不禁笑出聲，「餅子好吃嗎？」

「吃多了山珍海味，偶爾也要體會一下民間疾苦，我這是正在體察尋常百姓的生活。」

「說得自己和微服私訪的大官一樣。」

「我本來就是大官中的大官，什麼叫說得？這長安城裡的官員見了我不跪的還不多。」大公子一臉得意地看著雲歌。

「你是什麼官？哦！對了，你姓劉，難道是個王爺？民女竟然敢捉弄王爺，實在該死。」雲歌笑諷。

「說對了，我就是一個王爺。」大公子吃完最後一口餅子，頗心滿意足地嘆了口氣，「妳敢對我無禮，是該死。」

雲歌知道他應該出身富貴，可藩王卻是沒有皇命，絕對不可以私自離開封地進入長安。這是為了防止藩王謀反，自周朝就傳下的規矩，天下盡知。

即使真有王爺私自進了長安，也不可能這樣毫不避諱地嚷嚷著自己是王爺。

所以雖然大公子說話時，眼神清亮，一副絕無虛言的樣子，可雲歌卻聽得只是樂，站起身子給大公子行禮，一副害怕恐懼的樣子，拿腔拿調地說：「王爺，民女無知，還求王爺饒了民女一命。」

大公子笑起來，隨意擺了擺手，「妳這丫頭的脾氣！我是王爺，妳也不見得怕我，不見得就會不捉弄我，我不是王爺，妳也不見得就不尊重。倒是難得的有意思的人，我捨不得殺妳。唉！可惜……可惜……是老三要的人……」

他拿眼上下看著雲歌，嘴裡低聲嘟囔著什麼，嘴角曖昧不清的笑讓雲歌十分不自在。

雲歌板著臉說：「你……你別打壞主意，你若惹我，下次可不是這麼簡單就了事的。」

大公子從藤蘿間站起，一步步向雲歌行去，「本來倒是沒有主意，可聽妳這麼一說，我倒是想看看妳還能有什麼花招。」

雲歌心中緊張，但知道此時可不能露了怕意，否則以後定然被這人欺負死，便面上笑吟吟地看著他，「極西極西之地，有一種花，當地人稱食蠅花，花的汁液有惡臭，其臭聞者即吐，一旦沾身，年餘不去。如果大公子不小心沾染了一兩滴，那你的那些美人只怕是要受苦了，而最終苦的只怕是大公子呢！」

大公子停住腳步，指著雲歌笑起來，「妳倒仔細說說我受的是什麼苦？」

雲歌臉頰滾燙，想張口說話，卻實在說不出來。

「敢說卻不敢解釋。」大公子笑坐了回去，「不逗妳了。雲歌，不如過幾日去我府裡玩，那裡有很多好玩的東西。」

雲歌笑皺了皺鼻子，「你除了玩、玩、玩，可還有別的事情？」

大公子表情驀然鄭重起來，似乎很認真地思索了一會，嘴角慢慢勾了笑，笑得沒心沒肺的樣子，低沉沉的語聲在夜風中卻蕩出了蒼涼，「沒有別的事情了，也最好不要有別的事情，整天玩、玩、玩，不但對我好，對別人也好。」

雲歌朝他做了個鬼臉，「趕明我離開長安時，你和我一塊去玩。論吃喝玩樂，我可也算半個精通之人，我們可以出海去吃海味，躺在甲板上看海鷗，還可以去爬雪山，有一種雪雉，配著雪蓮燉了，那個滋味保管讓你吃了連姓名都忘記。天山去過嗎？天池是賞月色的最好地點，晚上把小舟蕩出去，一壺酒，幾碟小菜，『人間仙境』四字絕不為過。世人只知道山頂上看日出，其實海上日出的壯美也是……」

雲歌說得開心，大公子聽得神往，最後打量著雲歌讚嘆：「我還一直以為自己才是吃喝玩樂的高手，大半個漢朝我都偷偷摸摸地逛完了，結果和妳一比倒變得像是籠子中的金絲雀和大鵰吹噓自己見多識廣。黃金的籠子，翡翠的架子又如何？終究是關在籠子裡。」

雲歌笑吐了吐舌頭，起身離去，「去睡覺，不陪你玩了。記得把琴帶給玉之王。」

雲歌已走得遠了，身後的琴音不成章法地響起，但一曲《負荊請罪》還聽得大致分明。

雲歌沒有回頭，只唇邊抿起了笑。

第五章 地上星

雲歌說話時，一直看著孟玨，雙眸晶瑩。
孟玨眼中也是眸光流轉，卻只是微笑地看著雲歌。
在漫天飛舞的光芒中，兩人凝視著彼此。

為了給雲歌回禮，也是替孟玨送行，許平君請孟玨和雲歌吃晚飯。
大公子聽聞，也不管許平君有沒有叫他，一副理所當然要赴宴的樣子。

長安城外的山坡。

太陽剛落，星辰還未升起。

七里香日常用來覆蓋雜物的桐油布此時已經被洗刷得乾乾淨淨，許平君將它攤開鋪在草地上，從籃子裡取出了一樣樣早已經準備好的食物。

都是粗褐陶碗，許平君笑得雖然坦然，可語氣裡還是帶上了羞澀，「因為家裡……家裡實在沒合適的地方，所以我就聽了雲歌的意思，索性到外面吃。都是一些田間地頭最常見的食物，我的手藝也不好，二位別嫌棄寒磣。」

孟玨坐到了桐油布上，笑幫許平君擺置碗碟，「以天地為廳堂，取星辰做燈。杯盤間賞的是清風長空、草芳木華。何來寒磣一說？吃菜吃的是主人的心意，情誼才是菜肴的最好調味料。『千里送鵝毛，禮輕情義重』，許姑娘何必在這些微不足道的事情上介懷？」

大公子本來對足下黑黝黝、從未見過的桐油布有幾分猶疑，可看到日常有些潔癖的孟玨的樣子，心下暗道了聲慚愧，立即坐下。

人都說他不羈，其實孟玨才是真正的不羈。

他的疏狂不羈流於表相，孟玨的溫和儒雅下深藏的才是真正的疏狂不羈。

許平君看到孟玨的確是享受著簡陋卻細心的布置，絕非客氣之語，心裡的侷促不安盡退，笑著把另外一個籃子的蓋子打開，「我的菜雖然不好，可我的酒卻保證讓兩位滿意。」

大公子學著孟玨的樣子，幫許平君擺放碗筷，笑著問：「病已兄呢？還有雲丫頭呢？她不是比我們先出門嗎？怎麼還沒有到？難不成迷路了？這可有些巧。」

他一面說著話，一面眼睛直瞟孟玨。

許平君笑著搖搖頭，「不知道，我忙著做菜沒有留意他們。只看到雲丫頭和病已嘀嘀咕咕了一會，兩人就出門了。病已對長安城附近的地形比對自己家還熟悉，哪裡長著什麼樹，那棵樹上有什麼鳥，他都知道，不會迷路的。」

「哦……」大公子笑嘻嘻地拖著長音，笑看著孟玨，「他們兩個在一起，那肯定不會是迷路了。」

孟玨似乎沒有聽見他們的議論，幹完了手中的活，就靜靜坐著，唇邊含著笑意淡淡看天邊漸漸升起的星子。

山坡下，兩個人有說有笑地並肩而來。

許平君笑著向他們招了招手。

雲歌跳著腳喊了聲「許姐姐」，語聲中滿是快樂。

「對不起呀，我們來晚了。」雲歌將手中的一個袋子小心翼翼地擱到一旁，湊到許平君身旁，一面用手直接去挑盤子中的菜，一面嚷著，「好餓。」

許平君拿筷子敲了一下雲歌的手，雲歌忙縮了回去。

許平君把筷子塞到雲歌手中，「你們兩個去哪裡了？看看你們的衣服和頭，哪裡沾的樹葉、草屑？衣服也皺成這樣？不過是從家裡到這裡，怎麼弄得好像穿山越嶺了一番？」

雲歌低頭看了看自己，沒有回答許平君的問題，只笑著向許平君吐了下舌頭。

劉病已半坐半躺到桐油布上，隨手給自己斟了一杯酒，笑看著雲歌沒有說話。大公子卻是眼珠一轉，看看雲歌的衣服，看看劉病已的衣服，笑得意味深長，曖昧無限。

雲歌只是忙著吃菜，沒有顧及回答許平君的話，忽瞟到大公子的笑，怔了一下，臉色立即飛紅，幸虧夜色中倒是看不分明，狠瞪了大公子一眼，「你今天晚上還想不想安生吃飯？」

大公子剛想嘲笑，想起雲歌的手段，摸了摸肚子，立即正襟危坐。

劉病已視線從大公子面上懶洋洋地掃過，和孟玨的視線撞在一起。對視了一瞬，兩人都是若無其事地微微笑著，移開了目光。

雲歌夾了一筷子孟玨面前的菜，剛嚼了一下，立即苦起了臉，勉強嚥下，趕著喝水，「好苦呀！」

許平君連忙嚐了一口，立即皺著眉頭道歉，「我娘大概是太忙，忘記幫我把苦苦菜浸泡過水了。」

她一面說著一面低著頭把菜擱回籃子中，眉眼間露了幾絲黯然。

苦苦菜是山間地頭最常見的野菜，食用前需要先用水浸泡一整天，換過多次水，然後過滾水煮熟後涼拌，吃起來清爽中微微夾雜著一點點苦味，很是爽口。

因為是每個農家桌上的必備菜肴，貧家女兒四五歲大時已經在山頭幫著父母挑苦苦菜，她娘怎麼會忘記呢？只怕是因為知道做給劉病已和他的朋友吃的，所以刻意而為。

雲歌看著籃子中還剩半碟的苦苦菜發了會呆，忽指著孟玨，一臉吃驚，「你……你……」

大公子趕著說：「他吃飯的口味比較重，他……」

孟玨一笑，風輕雲淡，「我自小吃飯味重。」

那你怎麼沒有覺得我日常做的菜味道淡？雲歌心中困惑，還想問。

大公子搖了搖瓶中的酒，大聲笑著說：「明日一別，再見恐怕要一段時間了，今晚不妨縱情一醉！許姑娘，妳的酒的確是好酒，不知道叫什麼名字？」

「沒什麼名字，我的酒都是賣給七里香，外面的人隨口叫『七里香的酒』。」

雲歌含了口酒，靜靜品了一會，「許姐姐，不如叫『竹葉青』吧！此酒如果選料、釀造上講究一些，貢酒也做得。」

大公子拍掌而笑，「好名字，酒香清醇雅淡，宛如溫潤君子，配上『竹葉青』的名字，好一個酒中君子，君子之酒。」

許平君笑說：「我沒讀過書，你們都是識文斷字的人，你們說好就好了。」

雖是粗茶淡飯，可五個人談天說地中，用笑聲下飯，也是吃得口齒噙香。

幾人都微有了幾分醉意，又本就不是受拘束的人，都姿態隨意起來。

大公子仰躺在桐油布上，欣賞著滿天星斗。

孟玨半靠在身後的大樹上，手中握著一壺酒，笑看著雲歌和許平君鬥草拚酒。因為桐油布被大公子占去了大半，劉病已索性側身躺在草地上，一手支著頭，面前放著一大碗酒，想喝時直接湊到碗邊飲上一大口，此時也是含笑注視著雲歌和許平君。

雲歌和許平君兩人一邊就星光摸索著找草，一邊鬥草拚酒。不是文人雅客中流行的文鬥，用對仗詩賦形式互報花名、草名，多者為贏。而是田間地頭農人的武鬥，兩人把各自的草相勾，反方向相拽，斷者則輸，輸了的自然要飲酒一杯。

雲歌尋草的功夫比許平君差得何止十萬八千里，十根草裡面八根輸，已經比許平君多喝了大半壺酒。

雲歌越輸越急，一個人彎著身子在草裡亂摸，嘴裡面一會是「老天保佑」，一會是「花神娘娘保佑」，到後來連「財神保佑」都嘟囔了出來，硬是把各路大小神仙都嚷嚷了個遍。

許平君端坐於桐油布上笑聲不斷，「雲歌兒，妳喝次酒，連各路神仙都不得消停。難怪妳老輸，因為各路神仙都盼著妳趕緊醉倒了，好讓他們休息。」

劉病已在身邊的草叢中摸索了一會，拔了一根草，「雲歌，用這根試試。」

雲歌歡叫了一聲，跑著過來取草。

許平君立即大叫著跳起來，「不可以，這是作假！」

許平君想從劉病已手中奪過草，雲歌急得大叫，「扔給我，扔給我！」

劉病已手上加了力氣，將草彈出，草從許平君身側飛過，雲歌剛要伸手拿，半空中驀地飛出一根樹枝，將草彈向了另一邊。

許平君笑對折枝相助的孟玨說：「多謝了。」

孟玨笑著示意許平君趕緊去追草。

雲歌倉促間只來得及瞪孟玨一眼，趕著飛身追草。

正躺得迷糊的大公子看到一根草從頭頂飛過，迷迷糊糊地就順手抓住。

雲歌撲到他身側，握著他的胳膊，「給我。」

許平君也已趕到了他另一側，握著他另一隻胳膊，「給我。」

漫天星斗下，兩張玉顏近在眼前，帶笑含嗔，風姿各異。

因為都是花一般的年紀，也都如花般在綻放。

大公子看看這個，看看那個，一時無限陶醉，低沉沉的聲音透出誘惑，「美人，妳們要什麼我都給。」

雲歌和許平君各翻了個白眼，一起去奪他手中的草。

大公子迷糊中手上也加了力氣，一根弱草裂成三截。

雲歌和許平君看著各自手中拽著的一截斷草，呆了一下，相對大笑起來。

雲歌扭頭看向孟玨時，氣呼呼地鼓著腮幫子，「哼！幫許姐姐欺負我，虧得我還辛苦了半天去捉……哼！」

許平君笑攬住雲歌的肩膀，「病已不是幫妳了嗎？不過多喝了幾杯酒就輸紅了眼睛？羞不羞？」

雲歌扭著身子，「誰輸紅眼睛了？人家才沒有呢！最多……最多有一點點著急。」

幾個人都笑起來，雲歌偷眼看向孟珏，看到孟珏正笑瞅著她，想到明天他就要走，她忽覺得心上有些空落，鼓著的腮幫子立即癟了下去。

收拾好杯盤，雲歌請幾個人圍著圈子坐好，拿過了擺放在一旁的袋子。

眾人都凝視著雲歌手中的袋子，不明白雲歌搞什麼鬼。

平君性急，趕著問：「什麼東西？」

雲歌笑著緩緩打開袋子。

熒熒光芒從袋子口透出，如同一個小小月亮收在袋子中。

不一會，有光芒從袋子中飛出。

一點點，一顆顆，如同散落在紅塵的星子。

從袋子裡飛出的星星越來越多，幾個人的身子全都被熒熒光芒籠罩著，彷彿置身在璀璨星河之中。

天上的繁星，地上的繁星，美麗得好像一個夢中世界。

雲歌伸手呵著一隻螢火蟲。

螢火蟲的光芒一閃一閃間，她的笑顏也是一明一滅。螢火蟲打著小燈籠穿繞在她的烏髮間，盤旋在她的裙裾間。

在漫天飛舞的小精靈中，她也清透如精靈。

她湊過唇去親了一下手中的螢火蟲，「螢火蟲是天上星星的使者，你把你的心願和思念告訴牠，牠們就會把這些帶給星星上面住著的人，會幫你實現願望的。」

許平君呆呆看了一會螢火蟲，第一個閉上了眼睛，虔誠地許著心願。

劉病已抬頭望了眼天空，也閉上了眼睛。

大公子笑著搖搖頭，緩緩閉上了眼睛，「我不信有什麼人能幫我實現我的願望，不過……許許願也不是什麼壞事。」

雲歌說話時，一直看著孟玨，雙眸晶瑩。

孟玨眼中也是眸光流轉，卻只是微笑地看著雲歌，沒有絲毫許願的意思。

在漫天飛舞的光芒中，兩人凝視著彼此。

雲歌堅定地看著他，她眼中的光芒如同暗夜中的螢火蟲，雖淡卻溫暖。

孟玨最終闔上了雙眼，雲歌抿著笑意也閉上了眼睛。

不過一瞬，孟玨的眼睛卻又睜開，淡漠地看著在他周身舞動的精靈。

劉病已睜開眼睛時，恰好看到孟玨手指輕彈，把飛落在他胳膊上的一隻螢火蟲彈開。

螢火蟲的光芒剎那熄滅，失去了生命的小精靈無聲無息地落入草叢中。

孟玨抬眼看向劉病已。

劉病已爽朗一笑，好似剛睜開眼睛，並沒有看見起先一幕，「孟兄許的什麼願？」

孟珏淡淡一笑，沒有回答。

大公子看看劉病已，再看看孟珏，無趣地聳了聳肩膀，嘻笑著看向許平君和雲歌。

許平君睜開眼睛看向雲歌，「妳許了什麼願？」

「許姐姐許了什麼願？」

許平君臉頰暈紅，「不是什麼大願望，妳呢？」

雲歌的臉也飛起了紅霞，「也不是什麼大願望。」

大公子眼珠子一轉，忽地說：「不如把我們今日許的願都記下後封起來。如果將來有緣，一起來看今日許的願望，看看靈不靈。願望沒實現的人要請大家吃飯。」

雲歌笑嘲：「應該讓願望實現的人請大家吃飯！怎麼你總是要和人反著來？」

大公子拍了拍自己的錢袋：「來而不往非禮也！反正也該我請大家了。」

劉病已和孟珏微微笑著，都沒有說話。

雲歌和許平君想了一瞬，覺得十分有意思，都笑著點頭。

許平君剛點完頭，又幾分羞澀地說：「我不會寫字。」

大公子說：「這很簡單，妳挑一個人幫妳寫就行。」

許平君左右看了一圈，紅著臉把雲歌拽到了一旁。

許平君和雲歌低語，面色含羞。

雲歌雖是笑著，可笑容卻透著苦澀。

一人一塊絹布，各自寫下了自己的心願後疊好。

大公子將大家的絹帕收到一起，交給了許平君，很老實地說：「剩下的活，我不會幹。」

許平君拿了一片防水的桐油布，將絹帕密密地封好。

雲歌跑到孟玨起先靠過的那株大樹旁，在樹幹上小心地挖著洞，但是折騰了半天，仍舊沒有弄好。

孟玨隨手遞給她一把小巧的匕首，「用這個吧！」

不過幾下，就挖好了一個又小又深的洞，雲歌笑讚：「好刀！」

孟玨凝視了一瞬刀，淡淡地說：「妳喜歡就送給妳了，這麼小巧的東西本就是給女子用的，我留著也沒什麼用。」

大公子聞言，神色微動，深看了一眼孟玨。

雲歌把玩了會，的確很好用，打造精巧，方便攜帶，很適合用來割樹皮劃藤條，收集她看重的植物，遂笑著把刀收到了懷中，「多謝。」

許平君小心地把捲成了一根圓柱狀的桐油布塞進樹洞中，再用剛才割出的木條把洞口封好。

此時從外面看，也只是像樹幹上的一個小洞。等過一段時間，隨著樹的生長，會只留下一個樹疤。不知情的人看不出任何異樣。

雲歌警告地瞅了眼大公子，用匕首在小洞上做了個記號。如果有人想提前偷看，就肯定會破壞她的記號。

孟玨和劉病已唇角含笑地看向大公子。

大公子很是挫敗地看著雲歌。

他可不是無聊地為了看什麼願望實現不實現，他只是想知道讓兩個少女臉紅的因由，這中間的牽扯大有意思。

許平君莫名其妙地看看孟玨、劉病已，再看看大公子，不明白大公子怎麼一瞬間就晴天變了陰天？

她又疑惑地看向雲歌，雲歌笑著搖搖頭，示意許平君不用理會那個活寶。

不管聚會時多麼快樂，離別總是最後的主題。

夜已經很深，眾人都明白到了告別的時刻。

許平君笑說：「下一次一起來看心願時，希望沒有一個人要請吃飯，寧可大家都餓著。」

雲歌有些苦澀地笑著點頭。

孟玨和劉病已不置可否地笑著。

大公子笑咪咪地說：「有我在，沒有餓肚子的可能。」

許平君和雲歌都是不解，不明白活得如此風流自在的人會有什麼願望實現不了。

大公子笑對許平君作揖，「我是個懶惰的人，不耐煩說假話哄人，要麼不說，要說肯定是真話。今天晚上是我有生以來吃飯吃得最安心、最開心的一次，謝謝妳。」

許平君不好意思地笑起來。

飛繞在他們四周的螢火蟲已慢慢散去。

雲歌半仰頭望著越飛越高的螢火蟲，目送著牠們飛過她的頭頂，飛過草叢，飛向遠方，飛向她已經決定放棄的心願……

雖然神明台是上林苑中最高的建築物，可因為宮闕連綿，放眼望去，絲毫沒有能看到盡頭的跡象。

重重疊疊的宮牆暗影，越發顯得夜色幽深。

白日裡的皇城因為色彩和裝飾，看上去流光異彩，莊嚴華美。可暗夜裡，失去了一切燦爛的表相，這個皇城只不過是一道又一道的宮牆，每一個牆角都似乎透著沉沉死氣。

幸虧還有宮牆不能遮蔽的天空。

劉弗陵憑欄而立，默默凝視著西方的天空。

緊抿的唇角，孤直的身影，冷漠剛毅。

今夜又是繁星滿天，一如那個夜晚。不知道從何方飛來的幾點流螢翩躚而來，繞著他輕盈地起舞。

他的目光停留在螢火蟲上，緩緩伸出了手。

一隻螢火蟲出乎意料地落在了他的掌上，一瞬後又翩翩飛走。

他目送著螢火蟲慢慢遠去，唇角微帶起了一絲笑。

「連小蟲子都知道皇上是聖明仁君，不捉自落。」剛輕輕摸上神明台的宦官于安恰看見這一幕，請著安說。

劉弗陵沒有吭聲，于安立即跪了下來。

「奴才該死，又多嘴了。可皇上，就是該死，奴才還是要多嘴，夜色已深，寒氣也已經上來，明日還要上朝，皇上該歇息了。」

「大赦天下的事情，宮裡都怎麼議論？」劉弗陵目光仍停留在螢火蟲消失的方向，身形絲毫未動。

于安明知道身後無人，可還是側耳聽了一下周圍的動靜，便往前爬了幾步，卻仍然在三步之外，「奴才聽說驃騎將軍上官安有過抱怨，說沒有年年都大赦天下的道理，自從原始四年皇上私自出了趟宮後，一到夏初就大赦天下，弄得政令難以推行。還說父親上官桀當年不該一時心軟就同意了皇上私自出宮，以致皇上回宮後老覺得刑罰過重，百姓太苦，還總是和霍光商議改革的事情。」

于安心內暗譏，一時心軟同意皇上出宮？不過是當年他們幾個人暗中相鬥，皇上利用他們彼此的暗爭，撿了個便宜而已。

上官桀當年事事都順著皇上，縱容著皇上一切不合乎規矩的行為，一方面是想讓皇上和他更親近，把其他三位托孤大臣都比下去，另外一方面卻是想把皇上放縱成一個隨性無用、貪圖享樂的人。上官桀對皇上的無限溺愛中，藏著他日後的每一步棋，可惜他料錯了皇上。

「皇上，雖然有官員抱怨，可奴才聽聞，朝中新近舉薦的賢良卻很稱頌皇上的舉動，說犯罪的人多良民，也多是迫於生計無奈，雖然刑罰已經在減輕，可還是偏重。」

劉弗陵的目光投向了西邊的天空，沉默無語。

于安凝視著劉弗陵的背影，心內忐忑。

他越來越不知道皇上的所思所想。

皇上好像已經是一個沒有喜怒的人，沒有什麼事情能讓他笑，也沒有什麼事情能讓他怒，永遠都是平靜到近乎淡漠的神情。

他十歲起就服侍劉弗陵，那時候皇上才四歲，皇上的母后鉤弋夫人還活著，正得先帝寵愛。

那時候的皇上是一個雖然聰明到讓滿朝官員震驚，可也頑皮到讓所有人頭疼的孩子。

從什麼時候起，那個孩子變成了現在的樣子？沉默、冷漠，甚至不允許任何人靠近他，就連那個上官家的小不點皇后也要隔著距離回皇上的話。

因為先皇為了皇上而賜死鉤弋夫人？

因為燕王、廣陵王對皇位的虎視眈眈？

因為三大權臣把持朝政，皇權旁落，皇上必須要冷靜應對，步步謹慎？

因為百姓困苦，因為四夷不定……

于安打住了腦中的胡思亂想。不管他能不能揣摩透皇上的心思，他唯一需要做的就是忠心。而現在唯一要做的事情，是要勸皇上休息，「皇上……」

劉弗陵收回了目光，轉身離開。

于安立即打住話頭，靜靜跟在劉弗陵身後。

夜色寧靜，只有衣袍暗啞的窸窣聲。

快到未央宮時，劉弗陵忽然淡淡問：「查問過了嗎？」

于安頓了一下，才小心翼翼地回道：「奴才不敢忘，每隔幾日都會派手下去打探，沒有持髮繩的人尋找姓趙或姓劉的公子。」

和以前一樣，皇上再沒有任何聲音，只有沉默。

于安猜測皇上等待的人應該就是皇上曾尋找過的人。

幾年前，趙破奴將軍告老還鄉時，皇上親自送他出城，可謂皇恩浩蕩，趙破奴感激涕零，但對皇上的問題，他給的答覆自始至終都是「臣不知道」。

雖然于安根本看不出來皇上對這個答案是喜悅或是失望，可他心中隱約明白此人對皇上的重要，所以每次回覆時都捏著一把冷汗。

幾個值夜的宮女，閒極無聊，正拿著輕羅小扇戲撲流螢。不敢出聲喧譁，卻又抑不住年輕的心，只能一聲不出地戲追著流螢。

夜色若水，螢火輕舞，彩袖翩飛。

悄無聲息的幽暗中流溢著少女明媚的動，畫一般的美麗。

從殿外進來的劉弗陵，視若無睹地繼續行路。

正在戲玩的宮女們未料到皇上竟然還未歇息，並且深夜從偏殿進來，駭得立即跪在地上不停磕頭。

劉弗陵的神情沒有絲毫變化，腳步一點未頓地走過。

隔著翩躚飛舞的螢光看去，背影模糊不清，不一會就完全隱入了暗影重重的宮殿中。

只殿前飛舞的螢光，閃閃爍爍，明明滅滅，映著一天清涼。

雲歌、劉病已、許平君三人起了個大早，送孟玨和大公子二人離去。

孟玨牽著馬，和雲歌三人並肩而行。

大公子半躺半坐於馬車內，一個紅衣女子正剝了水果餵他。

雖是別離，可因為年輕，前面還有大把的重逢機會，所以傷感很淡。

晨曦的光芒中，時有大笑聲傳出。

急促的馬蹄聲在身後響起，眾人都避向了路旁，給疾馳而來的馬車讓路。

未料到馬車在他們面前突然停住，一個秀氣的小廝從馬車上跳下，視線從他們幾人面上掃過，落在孟玨臉上。

本是苛刻挑剔的目光，待看清楚孟玨，眼中露了幾分讚嘆，「請問是孟玨公子嗎？」

孟玨微欠身，「正是在下。」

小廝上前遞給孟玨一包東西，「這是我家小……公子的送行禮。我家公子說這些點心是給孟公子路上吃著玩的，粗陋處還望孟公子包涵。」

孟玨掃了眼包裹，看到包裹一角處的刺繡，眼中的光芒一閃而過，笑向小廝說：「多謝你家公子費心。」

「孟公子，一路順風。」

小廝又上下打量了一番孟玨，轉身跳上馬車，馬車疾馳著返回長安。

孟玨隨手將包裹遞給大公子。

大公子拆開包裹看了眼，咂吧著嘴笑起來，剛想說話，瞟到雲歌又立即吞下了已到嘴邊的話。

送君千里，終有一別。

大公子朝車外隨意揮了揮手，探著腦袋說：「就送到這裡吧！多謝三位給我送行，也多謝三位的款待，希望日後我能有機會光明正大地在長安城招待三位。」

雲歌和許平君齊齊撇嘴，「誰是送你？誰想招待你？是你自己臉皮厚！」

大公子自小到大都是女人群中的貴客，第一次碰到不但不買他帳，還頻頻給他臉色的女子，而且不碰則已，一碰就是兩個。

他嘆著氣，一副很受打擊的樣子，縮回了馬車，「妳們都是被孟玨的皮囊騙了，這小子壞起來，我是拍馬也追不上。」

許平君又是不屑地「嗤」一聲嘲笑。

孟玨笑向劉病已和許平君作揖行禮，「多謝二位盛情。長安一行，能結識二位，孟玨所獲頗豐。就此別過，各自保重，下次我來長安時再聚。」

雲歌指著自己的鼻子，不滿地問：「我呢？你怎麼光和他們道別？」

孟玨笑看了她一眼，慢悠悠地說：「我們之間的帳要慢慢算。」

雲歌忙瞟了眼劉病已和許平君，拽著孟玨的衣袖，把孟玨拖到一旁，低聲說：「我究竟欠了你多少錢，我早就糊塗了，你先替我記著，我一定會勤快一些，再想些辦法賺錢的，這兩日我正琢磨著和許姐姐合釀酒，她的釀酒方子結合我的釀酒方子，我們的酒應該很受歡迎，常叔說他負責賣酒，我們負責釀酒，收入我們四六分，正好我和許姐姐都缺錢，然後我……」

「雲歌。」孟玨打斷了雲歌的嘮嘮叨叨。

「嗯？」雲歌抬頭看向孟玨，孟玨卻一言未說，只是默默地凝視著她。

雲歌只覺他的目光像張網，無邊無際地罩下來，越收越緊，人在其間，怎麼都逃不開。

她忽覺得臉熱心跳，一下就鬆開了孟珏的袖子，想要後退，孟珏卻握住了她的肩膀，在雲歌反應過來前，已經在雲歌額頭上印了一吻，「妳可會想我？」

雲歌覺得自己還沒有明白孟珏說什麼，他已經上了馬，朝劉病已和許平君遙拱了拱手，打馬而去。

雲歌整個人變成了石塑，呆呆立在路口。

孟珏已經消失在視野中很久，她方呆呆地伸手去輕輕碰了下孟珏吻過的地方，卻又立即像被燙了一般地縮回手。

許平君被孟珏的大膽行事所震，發了半晌呆，方喃喃說：「我還一直納悶孟大哥如此儒雅斯文，怎麼會和大公子這麼放蕩隨性的人是好友，現在完全明白了。」

劉病已唇邊一直掛著無所謂的笑，漆黑的眼睛中似乎什麼都有，又似乎什麼都沒有。

雲歌和他視線相遇時，忽然不敢看他，立即低下頭，快快走著。

許平君笑起來，朝劉病已說：「雲歌不好意思了。」

劉病已凝視著雲歌的背影，一聲未吭。

許平君側頭盯向劉病已，再看看雲歌，沒有任何緣由就覺心中不安。

劉病已扭頭向許平君一笑，「怎麼了？」

許平君立即釋然，「沒什麼。對了，雲歌和我說想要把我的酒改進一下，然後用『竹葉青』

的名字在長安城賣……」

馬車跑出了老遠，大公子指著孟玨終於暢快地大笑起來，「老三，你……你……實在……太拙劣了！花了幾個月功夫，到了今日才要著霸王硬親了下，還要當著劉病已的面。你何必那麼在意劉病已？他身邊還有一個許平君呢！」

紅衣女子在大公子掌心寫字，大公子看著孟玨呵呵笑起來，「許平君已經和別人訂了親？原來不是劉病已的人？唉！可憐！可憐！可憐！」

嘴裡說著可憐，臉上卻一點可憐的意思也沒有。也不知道他可憐的是誰，許平君？孟玨？

孟玨淡掃了大公子一眼，大公子勉強收了笑意。

但沉默了不一會，他又笑著說：「孟狐狸，你到底在想什麼？這個包裹是怎麼一回事？你想勾搭的人沒有勾搭上，怎麼反把霍光的女兒給招惹上了？」

大公子在包裹內隨意翻揀著點心吃，順手扔了一塊給孟玨，「霍府的廚子手藝不錯，小玨，嘗一下人家姑娘的一片心意。」

孟玨策馬而行，根本沒有去接，任由點心落在了地上，被馬蹄踐踏而過，踩了個粉碎。

大公子把包裹扔到了馬車角落裡，笑問：「那個劉病已究竟是怎麼一回事？我三四年沒有見皇上了，那天晚上猛然間看到他，怎麼覺得他和皇上長得有些像？」大公子忽拍了下膝蓋，「說錯了！應該說劉病已和皇上都長得像劉徹那死老頭子。難道是我們劉家哪個混帳東西在民間一夜風流的滄海遺珠？」

孟珏淡淡說：「是一條漏網的魚。」

大公子凝神想了會，面色凝重了幾分，「衛皇孫？老三，你確定嗎？當年想殺他的人遍及朝野。」

孟珏微笑：「我怕有誤，許平君把玉珮當進當鋪後，我親自查驗過。」

大公子輕吁了口氣，「那不會錯了，秦始皇一統六國後，命巧匠把天下至寶和氏璧做成了國璽，多餘的一點做了玉珮，只皇上和太子能有，想相似都相似不了。」

大公子怔怔出了會神，自言自語地說：「他那雙眼睛長得和死老頭子真是一模一樣，皇上也不過只有七八分像。老頭子那麼多子裔中，竟只皇上和劉病已長得像他，他們二人日後若能撞見，再牽扯上舊帳，豈不有趣？那個皇位似乎本該是劉病已的。」

孟珏淺笑未語。

大公子凝視著孟珏，思量著說：「小珏，你如今在長安能掌控的產業到底有多少？看樣子，遠超出我估計。現在漢朝國庫空虛，你算得上是富可敵國了！只是你那幾個叔叔能捨得把產業都交給你去興風作浪嗎？你義父似乎並不放心你，他連西域的產業都不肯……」

孟珏猛然側頭，盯向大公子。

大公子立即閉嘴。

孟玨盯了瞬大公子，扭回了頭，淡淡說：「以後不要談論我義父。」

大公子面色忽顯疲憊，大叫了一聲「走穩點，我要睡覺了」，說完立即躺倒，紅衣女子忙尋了一條毯子出來，替他蓋好。

第六章 掌中雪

雲歌下巴抵在膝蓋上，靜靜看著滿院雪花。

孟玨唇邊輕抿了笑意，靜靜看著滿院雪花。

皎潔的月光下，朦朧的靜謐中，飄飄蕩蕩的潔白飛絮。

一切都似乎沉入了一個很輕、很軟、很乾淨、很幸福的夢中。

新釀的酒，色澤清透，金黃中微帶青碧。

香味甘馨清雅，口味清洌綿長。

常叔剛看到酒色，已經激動得直搓手，待嚐了一口酒，半晌都說不出話來。

雲歌和平君急得直問：「究竟怎麼樣？常叔，不管好不好，你倒是給句話呀！」

常叔半晌後，方直著眼睛，悠悠說了句，「我要漲價，兩倍，不，三倍，不，五倍！五倍！」

雲歌和平君握著彼此的手，喜悅地大叫起來。

兩個人殫精竭慮，一個負責配料，一個負責釀造，辛苦多日，終於得到肯定，都欣喜無限。

常叔本想立即推出竹葉青，劉病已卻建議雲歌和平君不要操之過急。先只在雲歌每日做的菜肴中配一小杯，免費贈送，一個月後再正式推出，價錢卻是常叔決定的價錢再翻倍。

常叔礙於兩個財神女——雲歌和平君，不好訓斥劉病已「你個遊手好閒的傢伙懂什麼」，只能一遍遍地對雲歌和平君說：「我們賣的是酒，不是金子，我定的價錢已經是長安城內罕見的高，再高就和私流出來的貢酒一個價錢了，誰肯用天價喝我們這民間釀造的酒，而不去買貢酒？」

可雲歌和平君都一心只聽劉病已的話。

常叔叨嘮時，雲歌只是笑聽著。面容帶笑，人卻毫不為常叔所動。

平君聽急了卻是大嚷起來，「常叔，你若不願意賣，我和雲歌出去自己賣！」

一句話嚇得常叔立即噤聲。

一個月，那盛在小小白玉盅中的酒已經在長安城的富豪貴胄中祕密地流傳開，卻是有錢都沒有地方買。

人心都是不耐好，越是沒有辦法買，反倒好奇的人越是多。

有好酒者為了先嚐為快，甚至不惜重金向預定了雲歌菜肴的人購買一小杯贈酒。一旦嚐過，都是滿口讚嘆。

在眾人的讚嘆聲中，竹葉青還未開始賣，就已經名動長安。

一塊青竹牌匾，其上刻著「竹葉青，酒中君子，君子之酒」。

字跡飄逸流暢，如行雲、如流水，隱清麗於雄渾中，藏秀美於宏壯間，見靈動於筆墨內。

「好字！好字！」雲歌連聲讚嘆，「誰寫的？我前幾日還和許姐姐說，要能找位才子給寫幾個字，明日竹葉青推出時，掛在堂內就好了，可惜孟玨不在，我們又和那些自珍羽毛的文人不熟悉。」

劉病已沒有回答，只微笑著說：「妳覺得能用就好。」

正在內堂忙的平君，探了個腦袋出來，笑著說：「我知道！是病已寫的，我前日恰看到他在屋子裡磨墨寫字。別的字不認識，可那個方框框中間畫一個豎橫的字，我可是記住了，我剛數過了，也正好是十一個字。」

雲歌哈哈大笑，「大哥以為可以瞞過許姐姐，卻不料許姐姐自有自己的辦法。」

劉病已笑瞅著許平君，「平君，妳以後千萬莫要在我面前說自己笨，妳再『笨』一些，我這個『聰明人』就沒有活路了。」

許平君笑做了個鬼臉，又縮回了內堂。

劉病已建議，既然雲歌在外的稱號是「雅廚」，而竹葉青也算風雅之酒，不妨就雅人雅酒行雅事。

店堂內設置筆墨屏風，供文人留字留詩賦，如有出眾的，或者賢良名聲在外的人肯留字留詩賦，當日酒飯錢全免。

雲歌還未說話，剛進來的常叔立即說：「劉大公子，你知不知道這長安城內匯聚了多少文人墨客？整個大漢朝乃至全天下才華出眾的人都在這裡，一個個的免費，生意還做不做？」

劉病已懶洋洋地笑著，對常叔語氣中的嘲諷好似完全沒有聽懂，也沒有再開口的意思。

雲歌對劉病已抱歉地一笑，又向柳眉倒立的許平君擺了下手，示意她先不要發脾氣。

雲歌對常叔說：「常叔，你大概人在外面，沒有聽完全大哥的話。大哥是說文才筆墨出眾，或者賢良名聲在外的人免費。文才筆墨出眾的人，有人已是聲名在外，在朝中為官，有人還默默無名。前者也許根本不屑用這樣的方法來喝酒吃菜，中者的筆墨我們是求都求不到的。而後者，如果我們今日可以留下他們的筆墨，日後他們一旦如當年的司馬相如一般從落魄到富貴，到千金求一賦時，我們店堂內的筆墨字跡，可就非同一般了。賢良名聲在外的人，也是這個道理，我聽孟玨說漢朝的大部分官員都是來自各州府舉薦的賢良，我們能請這些賢良吃一頓飯，只怕也是七里香的面子。何況常叔不是一直想和一品居一爭長短嗎？一品居在長安城已是百年聲名，他們的菜又的確做得好，百年間以『貴』字聞名大漢，乃至域外。我們在這方面很難爭過他們，所以我們不妨在『雅』字上多下功夫。」

常叔本就是一個精明的生意人，雲歌的話說到一半時，其實他已經轉過來，只是面子上一時難落，幸虧雲歌給了梯子，他正好順著下臺階，對劉病已拱了拱手，「我剛才在外面只聽了一半的話，就下結論，的確心急了，聽雲歌這麼一解釋，我就明白了，那我趕緊去準備一下，明日就來個雅廚雅酒的風雅會。」說完，就匆匆離去。

雲歌看了看正低著頭默默喝茶的劉病已，轉身看向竹簾。

這樣的字，這樣的心思，這樣的人卻是整日混跡於市井販夫走卒間，以鬥雞走狗為樂，他到底經歷了什麼，才要遊戲紅塵？

哀莫大於心死，難道他這輩子就沒有想做的事情了嗎？

許平君試探地說：「病已，我一直就覺得你很聰明，現在看來你好像也懂一點生意，連常叔都服了你的主意。不如你認真考慮考慮，也許能做個生意，或者……或者你可以自己開個飯莊，我們的酒應該能賣得很好，雲歌和我就是現成的廚子，不管能不能成功，總是比你如今這樣日日閒著好。」

雲歌心中暗嘆了一聲糟糕。

劉病已已是擱下了茶盅，起身向外行去，「妳忙吧！我這個閒人就不打擾妳了。」

許平君眼中一下噙了淚水，追了幾步，「病已，你就沒有為日後考慮過嗎？男人總是要成家立業的，難道鬥雞走狗的日子能過一輩子？你和那些游俠客能混一輩子嗎？我知道我笨，不會說話，可是我心裡……」

劉病已頓住了腳步，回身看著許平君，流露了幾點溫暖的眼睛中，是深不見底的漆黑，「平君，我就是這樣一個人，這輩子也就這樣了，妳不用再為我操心。」

話一說完，劉病已再未看一眼許平君，腳步絲毫未頓地出了酒樓。

劉病已的身影匯入街上的人流中，但隔著老遠依舊能一眼就認出他。他像是被拔去雙翼的鷹，被迫落於地上，即使不能飛翔，但仍舊是鷹。

雲歌臨窗看了會那個身影，默默坐下來，裝作沒有聽見許平君的低泣聲，只提高聲音問：「許姐姐，要不要陪我喝杯酒？」

許平君坐到雲歌身側，一聲不吭地灌著酒。

雲歌支著下巴，靜靜看著她。

不一會，許平君的臉已經酡紅，「我娘又逼我成親，歐侯家也來人催，這次連我爹都發話，怕是拖不下去了。」

雲歌「啊」了一聲，立即坐正身子，「妳什麼時候定親了？我怎麼不知道？」

「妳又沒有問我，難道我還天天見個人就告訴她我早已經定親了？」

「可是……可是……妳不是……大哥……」

許平君指著自己的鼻尖，笑嘻嘻地說：「傻丫頭，連話都說不清，妳是想說妳不是喜歡大哥嗎？」

雲歌點點頭。

許平君打著自己的腦袋，「妳真蠢，妳真蠢，妳以為妳都是為了他好，實際上他一點都不喜歡，妳真蠢，什麼父母之命，媒妁之言，都是狗屁，可妳明知道是狗屁，卻還要按著狗屁的話去做，妳真蠢，妳以為妳拚命賺錢，就可以讓父母留著妳……」

雲歌忙拽住了許平君的手，許平君掙了幾下，沒有掙脫，嚷起來，「雲歌，連妳也欺負我……」

嚷著嚷著，她已經是淚流滿面。

「許姐姐，如果妳不願意，我們一起想辦法。不要哭，不要哭了……」

許平君伏在雲歌肩頭放聲痛哭，平日裡的堅強潑辣伶俐都蕩然無存。

雲歌索性放棄了勸她，任由她先哭個夠。

許平君哭了半晌，方慢慢止住淚，強撐著笑了一下，「雲歌，我有些醉了。妳不要笑姐姐……」

「許姐姐，妳上次問我為什麼來長安，我和妳說是出來玩的，其實我是逃婚逃出來的，我剛從家裡出來時不知道偷偷哭了多少次。」

「那個人妳不喜歡？」

「我根本沒有見過他。以前也有人試探著說過婚事，爹娘都是直接推掉，可這次卻沒有推掉，我……我心裡難受，就跑了出來。」

許平君嘆了口氣，「妳不過是提親，父母都還未答應。我卻和妳的狀況不一樣，我和歐侯家是自小訂親，兩家的生辰八字和文定禮都換過了。逃婚？如果病已肯陪著我逃，我一定樂意和他私奔，可他會嗎？」

雲歌想著劉病已的那句「妳不要再為我操心」，只能用沉默回答許平君。

許平君一邊喝酒，一邊說：「自出生，我就是母親眼中的賠錢貨。父親在我出生後不久就犯了事，判了宮刑。母親守了活寡後，更是恨我霉氣，好不容易和歐侯家結親，我又整天鬧著不樂意，所以母親對我越發沒有好臉色，幸虧我還能賺點錢貼補家用，否則母親早就……」許平君的語聲哽在喉嚨裡。

許平君一貫好強，不管家裡發生什麼，在人前從來都是笑臉，雲歌第一次見她如此，聽得十分心酸，握住了許平君的手。

許平君揉了揉雲歌的頭，「不用擔心我。從小到大，我想要什麼都要自己拚命去爭取，就是想要一截頭繩，都要先盼著家裡的母雞天天下蛋，估摸著換過了油鹽還有得剩，再去討了父親和哥哥的歡心，然後趁著母親心情好時央求哥哥在一旁說情好讓母親買給我。雲歌，我和妳不一樣，我是一株野草。野草總是要靠自己的，石頭再重，它也總能尋個縫隙長出來……」

許平君步履蹣跚地走入了後堂。

雲歌端起酒杯，開始自斟自飲，心裡默默想著許姐姐什麼都沒有，她唯一的心願就是能和大哥在一起。

這酒應該比給孟珏送行那次好喝才對，可雲歌卻覺得酒味十分苦澀。

雲歌的詩賦文都是半桶水。

不過，雖沒吃過豬肉，也聽過豬叫喚，她從小到大，被母親和二哥半哄半迫地學了不少，加之二哥搜羅了不少名人字畫，日日薰陶之下，雲歌的鑒賞眼力雖不能和二哥比，點評字畫卻已經足夠。

因為雲歌點評得當，被挑中免去酒費的詩賦筆墨都各有特色，常常是寫得固然出色，評的卻更加有趣，兩者相得益彰。漸漸地，讀書人都以能在竹葉青的竹屏上留下筆墨為榮。

雲歌一直謹記孟珏的叮囑，越少人知道雅廚的身分越好。為了不引人注意，點評之事也是隱於幕後，可她越是如此，竹葉青的名號越是傳得響亮。

「竹葉青，酒中君子，君子之酒」成為長安城中新近最流行的一句話。喝竹葉青，不僅僅是身分地位的象徵，更成為才華的一種體現。

因為雲歌和許平君居於少陵原，所以兩個人每日都要趕進長安城，去七里香上工。

今日去上工時，她們卻發現城門封鎖，不能進城。

許平君找人打聽後，才知道說什麼因為衛太子還魂向皇上索冤，弄得全城戒嚴，所以沒有特許，任何人不得進出長安城。

生意沒有辦法做，兩人只能給自己放假，索性跑去遊山玩水。

許平君還有些氣悶，雲歌卻是快樂如小鳥，一路只是唧唧喳喳，不停地求許平君給她講長安的傳說和故事。

雲歌是個極好聽故事的人，表情十分投入，頻頻大呼小叫，讓許平君覺得自己比說書先生講得更好，不禁越講越有心情，再加上湖光山色，鳥語花香，她也開始覺得能休息一天，錢即使少賺了，也不是壞事。

許平君不知道怎麼說到了當年美名動天下的李夫人，李夫人傾國傾城的故事讓兩個女孩子都是連聲感嘆。

雲歌不停地問，「李夫人真的美到能傾倒城池嗎？」

許平君說：「當然，老皇上有那麼多妃子，一個比一個美，可死了後卻只讓很早前就去世的李夫人和他合葬，皇上為此還特意追封她為皇后，可見老皇上一直不能忘記她。」

兩人頻頻感嘆著怎麼紅顏薄命，那麼早就去世了呢？又咕咕笑著說不知道如今這位皇上是否是長情的人。

平君打量著雲歌笑說：「雲歌，妳可以去做妃子呢！去做一個小妖妃，把皇上迷得暈乎乎，將來也留下一段傳說，任由後來的女子追思。」

雲歌點著頭連連說：「那姐姐去做皇后，肯定是一代賢后，名留青史。」

兩個人瘋言瘋語地說鬧，都哈哈大笑起來。

雲歌笑指著山澗間的鴛鴦，「只羨鴛鴦不羨仙！」

平君沉默了一瞬，輕輕說了句酒樓裡聽來的唱詞：「只願一人共白頭。」

兩人看著彼此，異口同聲地說：「妳肯定會如願！」

說完後，愣了一瞬，兩人都是臉頰慢慢飛紅，卻又相對大笑起來。

兩人手挽著手爬上一個山坡，看到對面山上全是官兵，路又被封死。

「怎麼這裡也被戒嚴了？」雲歌跺足。

許平君重嘆了口氣，「還不是衛太子的冤魂鬧的？對面葬著衛太子和他的三個兒子、一個女兒。」

雲歌撐著脖子看了半晌，沒有看到想像中的墳墓，只能作罷。

看到官兵張望過來，許平君立即拉著雲歌下山，「別看了，衛太子雖然死了十多年，可一直是長安城的禁忌，不要惹禍上身。」

「那個冤魂肯定是假的，他要想索冤直接去皇宮找皇上了，何必在城門口鬧呢？鬧得死人都不能清靜。再說皇上不也才十八九歲嗎？當年衛太子全家被殺時，皇上才是幾歲小兒，即使是神童，比常人早慧，也不可能害得了太子呀！」

「誰知道呢？我們做我們的平頭百姓，皇家的事情弄不懂也不需要懂。我以前還琢磨過即使再討厭子女，父母怎麼能下得了殺手呢？可妳看老皇上，兒子孫子孫女連著他們的妻妾一個都不放過，滿門盡滅。難怪都說衛太子冤魂難安，怎麼安得了？」

兩人在山野間玩了一整日，又在外面吃過飯，天色黑透時才回家。

平君到家時，她的母親罕見地笑臉迎了出來，平君卻是板著臉進了門。

雲歌輕聲嘆了口氣，給許平君的母親請了個安後，回自己的屋子。

自孟玨走後，劉病已和許平君幫她在他們住的附近租了屋子。

如今三人毗鄰而居，也算彼此有個照應。

經過劉病已的屋子時，看他一人坐在黑暗中發呆，雲歌猶豫了下，進去坐到他身旁。

劉病已衝她點頭笑了一下，雖然是和往常一模一樣的笑，雲歌卻覺得那個笑透著悲涼。

「大哥，許姐姐就要出嫁了。」

「對方家境不錯，人也不錯，平君嫁給他，兩個人彼此幫襯著，日子肯定過得比現在好。」

「大哥，你就沒有……從沒有……」

「我一直把她當妹妹。」

雲歌重重嘆了口氣，當初還以為他們是郎有情女有意，可原來如此。那她現在可以告訴他，他們之間的終身約定嗎？至少可以問問他還記得那隻繡鞋嗎？可是許姐姐……

雲歌還在猶豫躊躇，劉病已凝視著暗夜深處，淡淡說：「我沒資格，更沒有心情想這些男女之事。」

雲歌呆了一瞬，低下頭。

他已經全部忘記了，即使說了又有什麼意思？只不過是給他增添煩惱。何況還有許姐姐。

雲歌低著頭發呆，劉病已沉默地看著雲歌。

雲歌抬頭時，兩人目光一撞，微怔一下，都迅速移開了視線。

「雲歌，妳覺不覺得我是個很沒志氣的人？」夜色中，劉病已側臉對她，表情看不分明。

雲歌輕聲道：「大哥，你想做的事情只怕是做不了，所以索性寄情閒逸了。游俠客們雖不是世俗中的正經人，可都有幾分真性情，比起世人的嫌貧愛富，踩賤捧高，他們更值得交往。」

劉病已好半晌都是沉默，雲歌感覺出劉病已今夜的心情十分低落，他不說，她也不問，只靜靜坐著相陪。

劉病已忽地問：「雲歌，妳想出去走走嗎？」

雲歌點了下頭。

劉病已帶著雲歌越走越偏僻。月光從林木間篩落，微風吹葉，葉動，影動，越顯斑駁。兩人的腳步聲偶會驚起枝頭的宿鳥，「嗚啦」一聲，更添寂靜。

才穿過樹林，眼前驀然開闊，月光毫無阻隔地直落下來，灑在漫生的荒草間，灑在一座座墓碑間。

這樣的蕭索讓雲歌覺得身上有些涼，不自禁地抱著胳膊往劉病已身邊湊了湊。

劉病已輕聲笑道：「有兄弟喜歡騙了女孩子到荒墳地，通常都能抱得美人滿懷，她們怕死人，其實哪裡知道活人比死人更可怕。」

劉病已一句「出去走走」，居然走到了墳地間，雲歌倒是一片泰然，隨著劉病已穿行在墳墓之間。

劉病已站定在一個墳墓前。雲歌凝目看去，卻是一座無字墓碑，墳墓上的荒草已經長得幾乎淹沒住整個墳墓，墓碑也是殘破不堪。

劉病已默站了良久，神情肅穆，和往日的他十分不同，「今日白天的事情聽聞了嗎？」

「什麼事情？」

「北城門的鬧劇。」

「哦！聽聞了。整個長安城都被鬧得封鎖了城門，所以我今日也沒有進城做菜。」

據說清晨時分，一個男子乘黃犢車到北城門，自稱衛太子，傳昭公、卿、將軍來見。來人說起衛太子的往事，對答如流，斥責本不該位居天子之位的劉弗陵失德，他的冤魂難安。衛太子冤魂引得長安城中數萬人圍觀，很多官員都驚慌失措。雋不疑挺身而出，高聲斥責對方裝神弄鬼，方穩住了慌亂的官員。最後經霍光同意，雋不疑帶兵驅散了眾人，抓住了自稱衛太子的男子，經雋不疑審判，男子招認自己是錢迷了心竅的方士，受了衛太子舊日舍人的錢財，所以妖言惑眾。男子立即被斬殺於鬧市，以示懲戒。

劉病已凝視著墓碑，緩緩說：「妳面前的墳墓裡就是當年母儀天下的衛皇后，死後卻是一卷草席一裹就扔進了荒墳場中。極盡榮耀時，衛氏一門三女，還有大司馬大將軍衛青。幸虧衛少兒和衛青死得早，幸運地沒有看到衛氏沒落。太子之亂時，不過幾日，衛皇后自盡，衛太子的妻妾、三子一女都被殺，合族盡滅。」

雲歌蹲了下來，手輕輕摸過墓碑。也許是小時候聽了太多衛青的故事，也聽二哥提過這個出身低賤卻成為了皇后的女子，心裡驀然難過起來，「舍人有錢財買通人去鬧事，卻沒有錢財替衛皇后稍稍修葺一下墳墓？他既然對衛太子那麼忠心，怎麼從未體會過衛太子的孝心？」

劉病已放聲大笑起來，「如此簡單的道理，一些人卻看不分明。一個死了這麼多年的人，還日日不能讓他們安生。」

笑聲在荒墳間蕩開，越顯淒涼。

雲歌輕聲說：「我以前聽常叔和幾個文人私下偷偷提了幾句衛太子，都很是感慨。聽聞衛太子推行仁政、注重民生、提倡節儉，和武帝的強兵政策、奢靡作風完全不同，大概因為民間一直懷念著衛太子，所以高位者越是心中不能安吧！人可以被殺死，可百姓的心卻不能被殺死。衛太子泉下有知，也應寬慰。」

劉病已收住了笑聲，靜靜站著。

雲歌鼓了半晌的勇氣，方敢問：「大哥，你上次說有人想殺你，你是衛家的親戚嗎？」

「算有些關係吧！衛太子之亂，牽扯甚廣，死了上萬人，當時整個長安都血流成河，我家也未能免禍。」劉病已似乎很不願意再回想，笑對雲歌說：「我們回去吧！」

兩個人並肩走在荒草間，劉病已神態依舊，雲歌卻感覺到他比來時心情好了許多。

「雲歌，害怕嗎？」

「壓根兒就不怕。」

「真的？」

「當然是真的！」

「那我給妳講個故事，聽聞有一個女子被負心漢拋棄，自盡後化為了厲鬼，因為嫉恨於美貌女子，她專喜歡找容貌美麗的女子，靜靜跟在女子的身後，輕輕地呵氣，妳會覺得妳脖子上涼氣陣陣……」

「啊！」雲歌尖叫起來，滿臉驚怕，「我的腳，她抓住我的腳了。大哥，救我……」

劉病已見她隱在荒草中的裙子已泛出血色，驚出了一身冷汗，「雲歌，別怕。我是信口胡編的故事，沒有女鬼。」

他以為是野獸咬住了雲歌，分開亂草後，卻發現雲歌的腳好端端地立在地上，正驚疑不定間，忽醒悟過來，他只聞到了清雅的花草香氣，沒有血腥味。

沒有血腥味？他摸了把雲歌的裙裾，氣叫：「雲歌！」

雲歌朝他做了個鬼臉，迅速跑開。

她一邊笑著，一邊叫道：「大哥下次想要嚇唬女孩子，記得帶點道具！否則效果實在不行。灑在衣袍上的胭脂一沾露水，暗中看著就像血，糖蓮藕像人的胳膊，咬一口滿嘴血，染過色後的長粽葉，含在嘴裡是吊死鬼的最佳扮相……」

劉病已笑向雲歌追去，「雲歌，妳跑慢點。鬼也許是沒有，不過荒草叢裡蛇鼠什麼的野獸還是不少。」

雲歌一臉得意，笑叫：「我、才、不、怕！」

劉病已笑問：「妳哪裡來的那麼多鬼門道？倒是比我那幫兄弟更會整人，以後他們想帶女孩子來這裡，就讓他們來和妳請教了。」

雲歌撇撇嘴：「才不幫他們禍害女子呢！不過大哥若看中了哪家姑娘，想抱美人在懷，我一定傾囊相授。」話剛說完，忽想起劉病已剛才講故事嚇她，心突突幾跳，臉頰飛紅，只扭過了頭，如風一般跑著。

兩個人在荒墳間，一個跑，一個追，笑鬧聲驅散了原本的淒涼荒蕪。

夜色、荒墳，忽然也變得很溫柔。

明亮的燈火下，雲歌仔細記著帳。

唉！命苦，以前從來沒有弄過這些，現在為了還債必須要一筆筆算明白，看看自己還有多久能還清孟玨的錢。

雲歌想起孟玨的目光，臉又燒起來，不自禁地摸了下自己的額頭。

會想他嗎？

哼！欠著一個人的錢，怎麼可能不想？

每賺一枚錢要想，每花一枚錢要想。臨睡前算帳也要想他，搞得連做夢都有他。

他走前根本不應該問，會想我嗎？而是該問，妳一天會想我多少次。

他為什麼會親我？還問我那樣的話？他……是不是……

雲歌還在胡思亂想，患得患失，窗戶上突傳幾下輕響，「還沒有睡？」是劉病已的聲音。

雲歌忙推開窗戶，「沒呢！你吃過飯了嗎？我這裡有烤地瓜。」

「吃過了，不過又有些餓。」

「有些涼了，給你熱一下。」

「不講究那個。」劉病已接過烤地瓜，靠在窗欞上吃起來，「妳喝酒了嗎？怎麼臉這麼紅？」

「啊？沒有……我是……有點熱。」雲歌的臉越發紅起來。

劉病已笑笑地說：「已經是立秋，太陽也已經落山很久了。」

雲歌「哼」了一聲，索性耍起無賴，「秋天就不能熱？太陽落山就不能熱？人家冬天還有流汗的呢！」

「雲歌，孟玨回長安了。」

「什麼？」劉病已說話前後根本不著邊際，雲歌反應了一會，才接受劉病已話中的意思，「他回來了怎麼不找我們？」

「大概有事情忙吧！我聽兄弟說的，前幾日看到他和丁外人進了公主府。」

前幾日？雲歌噘了噘嘴，「他似乎認識很多權貴呢！不知道做的生意究竟有多大。」

劉病已猶豫著想說什麼，但終只是笑著說：「我回去睡了，妳也早些歇息。」

雲歌的好心情莫名地就低落下去，看看桌上的帳，已經一點心情都無，草草收拾好東西，就悶悶上了床。

她躺在床上卻是翻來覆去，一直到半夜都睡不著，正煩悶間，忽聽到外面幾聲短促的曲調。《采薇》？她立即坐起來，幾步跳到門口，拉開了門。

月夜下，孟玨一襲青衣，長身玉立，正微笑地看著雲歌，笑意澹靜溫暖，如清晨第一線的陽光。雲歌心中的煩躁一下就消散了許多。

兩人隔門而望，好久都是一句話不說。

雲歌擠了個笑出來，「我已經存了些錢，可以先還你一部分。」

「妳不高興見到我？」

「沒有呀！」

「雲歌，知不知道妳假笑時有多難看？看得我身上直冒涼意。」

雲歌低下了頭。

孟玨叫了好幾聲「雲歌」，雲歌都沒有理會他。

幾團毛茸茸的小白球在雲歌的鼻子端晃了晃，雲歌不小心，已經吸進幾縷小茸毛，「哈啾、哈啾」地打著噴嚏，一時間鼻涕直流，很是狼狽。

她忙儘量低著頭，一邊狂打噴嚏，一邊找絹帕，在身上摸了半天，卻都沒有摸到。

孟玨低聲笑起來。

雲歌氣惱地想：這個人是故意捉弄我的。她一把拽過他的衣袖，捂著鼻子狠狠擤了把鼻涕，把自己收拾乾淨，方洋洋得意地抬起頭。

孟玨幾分鬱悶地看了看自己的衣袖，「不生氣了？」

雲歌板著臉問：「你摘那麼多蒲公英幹麼？」

孟玨笑說：「送妳的。妳送我地上星，我送妳掌中雪。」

「送給我，好捉弄我打噴嚏！」雲歌指著自己的鼻尖，一臉跋扈，心中卻已經蕩起了暖意。

孟玨笑握住雲歌的胳膊，就著牆邊的青石塊，兩人翻坐到了屋頂上。

孟玨遞給雲歌一個蒲公英，「玩過蒲公英嗎？」

雲歌捏著蒲公英，盯著看了好一會，「摘這麼多蒲公英，要跑不少路吧？」

孟玨只是微笑地看著雲歌。

雲歌聲音輕輕地問：「你已經回了長安好幾日，為什麼深更半夜地來找我？白天幹麼去了？前幾日幹麼去了？」

孟玨眉頭幾不可見地微蹙了下，「是劉病已和妳說我已經到了長安？我在辦一些事情，不想讓人知道我認識妳，就是今天晚上來見妳，我都不能肯定做的是對，還是不對。」

「會有危險？」

「妳怕嗎？」

雲歌只笑著深吸了口氣，將蒲公英湊到唇邊，「呼」地一下，無數個潔白如雪的小飛絮搖搖晃晃地飄進了風中。

有的越飛越高，有的隨著氣流打著旋，有的姿態翩然地向大地墜去。

孟玨又遞了一個給雲歌，雲歌再呼的一下，又是一簇簇雪般的飛絮蕩入風中。

隨著雲歌越吹越多，兩人坐在屋頂，居高臨下地看下去，整個院子，好像飄起了白雪。

雲歌下巴抵在膝蓋上，靜靜看著滿院雪花。

孟玨唇邊輕抿了笑意，靜靜看著滿院雪花。

劉病已推開窗戶，望向半空，靜靜看著漫天飛絮。

許平君披了衣服起來，靠在門口，靜靜看著漫天飛絮。

皎潔的月光下，朦朧的靜謐中，飄飄蕩蕩的潔白飛絮。

一切都似乎沉入了一個很輕、很軟、很乾淨、很幸福的夢中。

第七章 心波皺

雲歌看見孟珏離自己越來越近，看見兩個小小的自己被捲進暗潮中，看見他的唇輕輕地覆上她的唇，看見他的手撫過她的眼。她的世界，剎那黑暗。

孟珏和雲歌辭別後，沿巷子走到路口，只見一個單薄的身影立在黑暗中。

「許姑娘，這麼晚了，妳怎麼還在外面？」

「我是特意在這裡等孟大哥的。雲歌睡下了？」

孟珏微微一笑，「本想安靜來去，不想還是擾了你們清夢。」

許平君說：「那麼美的景致，幸虧沒有錯過。再說也和孟大哥沒有關係，是我自己這幾日都睡不好。前幾日深夜還看到雲歌和病已也是很晚才從外面有說有笑地回來，兩人竟然在荒郊野外玩到半夜，也不知道那些荒草有什麼好看的。」

孟玨笑意不變，好像根本沒有聽懂許平君的話外之意，「平君，我和病已一樣稱呼妳了。妳找我所為何事？」

許平君沉默地站著，清冷的秋風中，消瘦的身子幾分瑟瑟。

孟玨也不催她，反倒移了幾步，站在了上風口，替她擋住秋風。

「孟大哥，我知道你是個很有辦法的人。我想求你幫幫我，我不想嫁歐侯家，我不想嫁……」許平君說到後面，聲音慢慢哽咽，怕自己哭出來，只能緊緊咬住唇。

「平君，如果妳想要的是相夫教子，平穩安定的一生，嫁給歐侯家是最好的選擇。」

「我只想嫁……我肯吃苦，也不怕辛苦。」

跟了劉病已可不是吃苦那麼簡單，孟玨沉默了一瞬，「如果妳確定這是妳想要的，我可以幫妳。」

許平君此行原是想拿雲歌做賭注，可看孟玨毫不介意，本來已滿心黑暗，不料又見希望，大喜下不禁拽住了孟玨的胳膊，「孟大哥，你真的肯幫我？」

孟玨溫和地笑著，「妳若相信我，就回家好好睡覺，也不要和妳母親爭執了，做個乖女兒，我肯定不會讓妳嫁給歐侯家。」

許平君用力點了點頭，剛想行禮道謝，一個暗沉沉的聲音笑道：「夜下會美人，賢弟好意趣。」

來人裹著大斗篷，許平君看不清面貌，不過看到好幾個護衛同行，知道來人非富即貴，剛想開口解釋，孟玨對她說：「平君，妳先回去。」

許平君忙快步離去。

孟玨轉身笑向來人行禮，「王爺是尋在下而來嗎？」

來人笑走到孟玨身邊，「經過北城門衛太子一事，滿城文武都人心慌亂，民間也議論紛紛。小皇帝的位置只怕坐得很不舒服，上官桀和霍光恐怕也睡不安穩。不費吹灰之力，卻有此結果，賢弟真是好計策！本王現在對賢弟是滿心佩服，所以星夜特意來尋賢弟共聚相談，卻不料撞到了你的雅事，竟然有人敢和賢弟搶女人？歐侯家的事情就包在本王身上，也算聊表本王心意。」

孟玨笑著作揖，「多謝王爺厚愛，孟玨就恭敬不如從命了。」

來人哈哈笑著拍了拍孟玨的肩膀，「今日晚了，本王先回去，記得明日來本王處喝杯酒。」

孟玨目送一行人隱入黑暗中，唇邊的笑意慢慢淡去。卻不是因為來人，而是自己。為什麼會緊張？為什麼不讓許平君解釋？為什麼要將錯就錯？

天有不測風雲，人有旦夕禍福。

眼看著許平君的大喜日子近在眼前，未婚夫婿卻突然暴病身亡。

雲歌從未見過那個歐侯公子，對他的死亡更多的是驚訝。

許平君卻是一下子憔悴起來，切菜會切到手，燒火能燒著裙子，釀酒竟把清水當酒封存到竹筒裡。

許平君的母親，整日罵天咒地，天天罵著許平君命硬，剋敗了自己家，又開始剋夫家，原本開朗的許平君變得整天一句話不說。

雲歌和劉病已兩人想著法子逗許平君開心，許平君卻是笑顏難展，只是常常看著劉病已發呆，盯得劉病已都坐不住時，她還是一無所覺。

雲歌聽聞長安城裡的張仙人算命精準，忽地心生一計，既然許母日日都唸叨著命，那就讓命來說話。

不料張仙人是個軟硬不吃的人，無論雲歌如何說，都不肯替雲歌算命，更不用提作假了。說他每天只算三卦，日期早就排到了明年，只能預約，只算有緣人，什麼公主都要等。

劉病已聽雲歌抱怨完，笑說他陪雲歌向張仙人說個情。張仙人一見劉病已，態度大轉彎，把雲歌奉為上賓，雲歌說什麼他都滿口答應，再無先前高高在上的仙人風範。

雲歌滿心納悶好奇，追問劉病已。

劉病已笑著告訴她，「張仙人給人算命靠的是什麼？不過是先算準來算命人的過去和現在的私隱事情，來人自然滿心信服，未來事情給的批語則模稜兩可，好的能解，壞的也能解，任由來人琢磨。來算命的人都是提前預約，又都是長安城內非富即貴的人，所謂的『有緣人』……」

劉病已話未說完，雲歌已大笑起來，「所謂的『有緣人』就是大哥能查到他們私事的人，原來這位仙人的仙氣是大哥給的。長安城內外地面上的乞丐、小偷、地痞混混、行走江湖的人都是大哥的人，沒有想到外人看著一團散沙爛泥的下面還別有深潭，長安城若有風吹草動，想完全瞞過大哥，恐怕不太容易。」

劉病已聽到雲歌的話，面色微變。

他原本只打算話說三分，但沒有想到雲歌自小接觸的人三教九流都有，見多識廣，人又心思機敏，話雖是無心，可意卻驚人。

「雲歌，這件事情，妳要替我保密，不能告訴任何人。」

雲歌笑著點點頭，「知道了。」

張仙人又是看手相，又是觀五官，又是起卦，最後鄭重地和許平君說：「姑娘的命格貴不可言，因為貴極，反倒顯了剋相。妳的親事不能成，只因對方難承姑娘的貴命，所以相沖而死。」

因為張仙人給許平君算過去、現在，都十分精準，許平君心內已是驚疑不定，此時聽到張仙人的話，雖心中難信，可又盼著一切真的是命，「他真的不是我害死的？」

張仙人捋著白鬚，微閉著雙目，徐徐道：「說是姑娘害死的也不錯，因為確是姑娘的命格剋死了對方。但也不是姑娘害死的，因為這都是命，是老天早定好了的，和姑娘並無關係，是對方不該強求姑娘這樣的貴人。」

許平君的母親喜笑顏開，趕著問：「張仙人，我家平君的命究竟有多貴？是會嫁大官嗎？多大的官？」

張仙人瞅了一會許母的面相，「夫人日後是享女兒福的人。」他淡淡一句話說完，站起身，緩緩出了大堂，聲音在渺渺青煙中傳來，「天地造化，吟啄間自有前緣。姑娘自有姑娘的緣分，時候到了，一切自然知曉。」

雲歌緊咬著嘴唇，方能不笑出來。雖是十分好笑，可也佩服這白鬍子老頭。裝神弄鬼的功夫就不說了，肚子裡還的確有些東西。那些似是而非、察言觀色的話也不是隨便一個人就能說出來。

許平君走出張仙人宅邸時，神態輕鬆了許多。許母也是滿面紅光，看許平君的目光堪稱「躊躇滿志」，對女兒說話，語氣是前所未見的和軟。

雲歌滿心快樂下，覺得這個命算得真是值。化解心結，緩和家庭矛盾，增進母女感情，堪稱「家庭和睦、心情愉快的良藥」，以後應該多多鼓勵大家來算這樣的命。

雲歌瞥眼間，看到一個斗笠遮面的男子身形像孟珏，想著自那夜別後，孟珏一去無消息，也不知道他在忙些什麼。

她猶豫了下，找了個藉口，匆匆別過許平君和許母，去追孟珏。

孟珏七拐八繞，身法迅捷，似乎刻意藏匿著行蹤。

幸虧雲歌對他的身形極熟，又有幾分狼跟蹤獵物的技能，否則還真是很難追。

雲歌滿心歡愉，本想著怎麼嚇他一跳，可看著他進了一家娼妓坊後，一下噘起了嘴。

她本想立即轉身離去，可心裡又有幾分不甘，琢磨了一會，還是偷偷溜進娼妓坊。孟珏卻已經不見了，她只能左躲右藏地四處尋找。

幸虧園子內來往姑娘多，雲歌又盡力隱藏自己的身形，倒是沒有人留意到她。

找來找去，卻越找越偏，不知不覺中，天色已黑，她正想放棄時，忽看到一個僻靜院落內，屋中坐著的人像孟珏。

雲歌貓著身子，悄悄溜到假山後躲好，隔窗看去，只見一個四十多歲的華服男子坐於上位，孟珏坐於側下方。

雲歌聽不清楚他們說什麼，只能隱約看到動作。

不知道說到什麼事情，華服男子大笑起來，孟珏卻只微抿了抿唇，欠了欠身子。很是簡單的動作，偏偏他做來就風姿翩翩，讓人如沐春風。

大概他們已經說完事情，陸續有姑娘端著酒菜進了屋子。

雲歌正琢磨著怎麼避開屋子前的守衛再走近些，忽然被人揪著頭髮拽起。

一個濃妝豔抹的女人低聲罵道：「難怪點來點去少了人，竟然跑到這裡來偷懶。別以為媽媽今日病了，妳們這些賤貨就欺負我這個新來的人，老娘當年也紅極一時，妳們這些欺軟怕硬的花招，我比誰都明白。」

雲歌一面呼呼喊著痛，一面已經被女人拽到了一旁的廳房。

心中慶幸的就是對方認錯了人，並非是逮住了她，她只需等個合適機會溜走就行。

女人打量了一眼雲歌，隨手拿過妝盒在她臉上塗抹了幾下，又看了看她的衣服，扯著衣襟想把她的衣領拽開些，雲歌緊緊拽著衣服不肯鬆手，女子狠瞪了她一眼，「妳願意裝清秀，那就去裝吧！把人給我伺候周到就行。到娼妓坊的男人想幹什麼，我們和他們都一清二楚，可這幫臭男人偏偏愛妳們這拿腔做勢的調調。」

女人一邊嘀咕，一邊拖著雲歌沿著長廊快走，待雲歌發現情勢不對，想掙脫她的手時已經晚了，守在屋子門口的護衛在她身上打量一圈，打開了門。

女人用力把雲歌推進屋子，自己卻不敢進，只在門口賠著笑臉說：「劉爺，上妝有些慢了，您多多包涵，不過人是最好的。」

雲歌站在門口，只能朝孟玨滿臉歉意的傻笑。

可是當看到孟玨身旁正跪坐了一個女子伺候，她連傻笑都吝嗇給孟玨了，只是大睜眼睛，瞪著他。

孟珏微微一怔，又立即恢復如常。

劉爺瞟了眼雲歌，冷冷地說：「難怪妳敢擺架子晚來，倒的確有晚來的本錢。」招了招手讓雲歌坐到他身旁。

雲歌此時已恨得想把頭摘下來罵自己是豬頭，一步一拖地向劉爺行去，心裡快速思索著出路。

孟珏忽然出聲笑說：「這位姑娘的確是今夜幾位姑娘中姿容最出眾的。」

劉爺笑起來，「難得孟賢弟看得上眼，還不去給孟賢弟斟杯酒？」

雲歌如蒙大赦，立即跪坐到孟珏身側，倒了杯酒，雙手捧給孟珏。劉爺冷笑著問：「妳是第一天服侍人嗎？斟酒是妳這麼斟的嗎？」

雲歌側頭看依在劉爺懷裡的姑娘喝了一口酒，然後攀在劉爺肩頭，以嘴相渡，將酒餵進劉爺口中……渡完了酒，末了，丁香小舌還在劉爺唇邊輕輕滑過。

雲歌幾曾親眼見過這等場面？

如果是陌生人還好，偏偏身側坐著的人是孟珏，雲歌只覺得自己連身子都燒起來，端著酒杯的手也在發抖。

她暗暗打量一圈屋內四角站著的護衛，都是精光暗斂，站姿一點不像一般富豪的侍衛，反倒更像軍人，隱有殺氣。

雲歌一面衡量著如果出事究竟會鬧多大的禍，一面緩緩飲了一口酒。

不就是嘴巴碰一下嘴巴嗎？每天吃飯時嘴巴要碰碗，喝水時嘴巴要碰杯子，不怕！不怕！把他想成杯子就行，雲歌給自己做著各種心理建設，可還是遲遲沒有動作……

孟玨暗嘆了一聲，抬起雲歌的下巴，凝視著雲歌，黑瑪瑙石般的眼睛中，湧動著他自己都不能明白的暗潮。

他一手攬住雲歌的腰，一手緩緩合上了雲歌大睜的眼睛。

雲歌看見孟玨離自己越來越近，看見兩個小小的自己被捲進暗潮中，看見他的唇輕輕地覆上她的唇，看見他的手撫過她的眼。

她的世界，剎那黑暗。

黑暗隔絕了一切，只剩下唇上柔軟的暖。那暖好似五月的陽光，讓人從骨頭裡透出酥軟，又像釅極的醇酒，讓人從熱中透出暈沉。

不知道那口酒究竟是她喝了，還是孟玨喝了，不知道是羞，還是其他，只覺身子沒有一絲力氣，全靠孟玨的胳膊才能坐穩。

孟玨的胳膊溫柔卻有力地抱住她，把她和他圈在了一個只屬於他們二人的世界中。

雲歌的臉俯在孟玨肩頭，腦子裡一片空白，耳朵嗡嗡鳴著，一顆心撲通撲通地跳著，好似就要跳出胸膛。

好一會後，雲歌的急速心跳才平復下來，耳朵也漸漸能聽到他們的說笑聲，聽到孟玨和劉爺說的都是風花雪月的事情，心中漸漸安定下來，慢慢坐直了身子。

孟玨好似專心和劉爺談話，根本沒有留意她，原本摟著她的胳膊卻隨著她的心意鬆開了。

一個侍衛進門後在劉爺耳邊低低說了句什麼，劉爺的臉色驀寒，輕揮了下手，絲竹管弦聲全停了下來，滿屋的女孩子都低著頭快速地退出了屋子。

雲歌尾隨在她們身後，剛要隨她們一塊出去，只見劍光閃爍，刺向她的胸膛。她忙盡力躍開，卻怎麼躲，都躲不開劍鋒所指，眼見著小命危險，一隻手用力將她拽進了懷中，用身護住她。

劍鋒堪堪頓在孟珏的咽喉前。

「各種女人，本王見得已多。這個女子剛進來時，本王就動了疑心，屬下的回報確認了本王的疑心，她不是娼妓坊的人。」

私進長安的藩王都是謀反大罪，雲歌聽到此人自稱本王，毫不隱藏身分，看來殺心已定，掃眼間，屋宇內各處都有侍衛守護，難尋生路。

孟珏對燕王劉旦肅容說：「未料到誤會這麼大，在下不敢再有絲毫隱瞞，她叫雲歌，王爺前幾日還說到過想嘗嘗雅廚做的菜，她就是長安城內被叫做『竹公子』的雅廚。她和在下早是熟識，今日之事絕不是因為王爺，純粹是因在下而起，在下應該在她剛出現時，就和王爺解釋，只是當時一時糊塗，這些兒女情事也不好正兒八經地拿出來說，還求王爺原諒在下一次。若王爺不能相信，只能聽憑王爺處置，不敢有絲毫怨言。」

劉旦盯向雲歌，孟珏攬著雲歌的胳膊緊了緊，雲歌立即說：「確如孟珏所言，我無意中看到他進了娼妓坊，想知道他在娼妓坊都幹些什麼，所以就跟了進來。可是王爺屋前都有守衛，我根本不敢接近，沒有聽到任何事情，正想離開時，被一個糊裡糊塗的女人當作坊內的姑娘給送了進來，然後就一直糊塗到現在了。」

「王爺，孟玨早已經決定一心跟隨王爺，她既是我的女人，我自能用性命向王爺保證，絕對不會出任何亂子。」

「本王來長安城的事情絕對不許外露，孟賢弟若喜她容貌，事成後，本王定在全天下尋覓了與她容貌相近的女子給你。」

堂堂王爺想殺一個人，還要如此給孟玨解釋，已是給足了孟玨面子。

孟玨卻是一句話不說，摟著雲歌的胳膊絲毫未鬆。

劉旦眉頭微蹙，盯著孟玨，眼內寒光畢露。

孟玨面容雖謙遜，眼神卻沒有退讓。

屋子內的寂靜全變成了壓迫。

不能束手就死！雲歌的手在腰間緩緩摸索。

孟玨卻好似早知她心意，胳膊微一用力，把她壓在懷間，讓她的手不能再亂動。

劉旦負於背後的手拳了起來。想到正是用人之時，孟玨的生意遍布大漢，手中的財富對他成事很是關鍵，他的手又展開。

劉旦強壓下心內的不快，命侍衛退下，手點了點孟玨，頷首笑起來，轉瞬間，神情就如慈祥的長輩，「孟賢弟，剛看到你的風姿時，就知道你是個讓女人心碎的人，果如本王所料呀！光本王就碰上了兩個，你還有多少件風流債？」

雲歌驚疑地看向孟珏，孟珏苦笑。

雲歌醒覺自己還在孟珏懷裡，立即掙脫了孟珏的懷抱，站得遠遠的。落在外人眼裡，倒很有幾分情海風波的樣子。

孟珏苦笑著朝劉旦行禮謝恩，「王爺這是怪在下方才的欺瞞，特意將在下一軍嗎？」

劉旦笑道：「孟賢弟還滿意本王屬下辦事的效率嗎……」

孟珏打斷了劉旦的話，「在下謹記王爺之情。今日已晚，在下就告退了。王爺過兩日離開長安時，在下再來送行。」

劉旦笑看看雲歌，再看看孟珏，「本王就不做那不知趣的人了，你們去吧！」

雲歌和孟珏一前一後出了娼妓坊，彼此一句話都沒有說。

在一徑的沉默中，兩個人的距離漸行漸遠。

走在後面的孟珏，凝視著雲歌的背影，眼中情緒複雜。

走在前面的雲歌，腦中紛紛擾擾，根本沒有留意四周。

為什麼藩王會隱身在京城的娼妓坊？為什麼孟珏會和藩王稱兄道弟？為什麼孟珏竟然能從藩王劍下救了她？他說自己只是生意人，他是有意相瞞，還是因為不方便直說？他用生命做保來救她，為什麼？

太多為什麼，讓雲歌腦內一團混亂。

一輛馬車飛馳而過，雲歌卻什麼都沒有聽見似的，仍然直直向前走著。

等她隱隱聽到孟玨的叫聲時，茫然間抬頭，只看見馬蹄直壓自己而來。

雲歌驚恐下想躲避，卻已是晚了。

最後她能做的唯一躲避方法就是緊緊閉上了眼睛。

馬兒長嘶，鞭聲響亮。

雲歌覺得身子好像被拽了起來，跌跌撞撞中，似乎翻了無數個滾。

原來死亡的感覺也不是那麼痛。

「雲歌！雲歌？妳還沒有死，老天還捨不得讓妳這個小壞蛋死。」

雲歌睜開眼睛，看到的就是劉病已幾分慵懶、幾分溫暖的笑容。夜色中，他的神情竟和父親有幾分隱約的相像。

短短時間內，生死間的兩番斗轉，心情也是一會天上，一會地下，莫名其妙地做了娼妓，還親了嘴。

雲歌只覺滿心委屈，如見親人，一下抱著劉病已大哭起來，「大哥，有人欺負我！」

雲歌平日裡看著一舉一動都很有大家閨秀的風範，可此時哭起來，卻是毫無形象可言，一副受了委屈的孩子模樣，嚎啕大哭，一把鼻涕，一把淚。

孟珏看到劉病已撲出抱住雲歌的剎那，本來飛身欲救雲歌的身形猛然頓住，隱身於街道對面的陰影中，靜靜地看抱著劉病已放聲大哭的雲歌。

劉病已為了救雲歌，不得已殺了駕車的馬。

馬車內的女子在馬車失速驟停間，被撞得暈暈沉沉，又痛失愛馬，正滿心怒氣，卻看到闖禍的人哭得一副她是天下最冤屈的樣子，而另一個殺馬兇手，不來求饒認罪，反倒只是顧著懷中哭泣的臭丫頭。

女子怒火沖頭，連一貫的形象都懶得再顧及，一把從馬夫手中搶過馬鞭，劈頭蓋臉地向劉病已和雲歌打去，「無禮衝撞馬車在前，大膽殺馬在後，卻毫不知錯，賤……」

劉病已拽住了女子的鞭子，眼鋒掃向女子。

女子被他的眼神一盯，心無端端地一寒，將要出口的罵語一下消失在嘴邊。

馬車內的丫鬟跌跌撞撞地爬下馬車，大嚷道：「我家小姐的馬你們都敢殺，趕緊回家準備後事吧！公主見了我家小姐都是客客氣氣……」看到劉病已正拽著小姐的馬鞭，丫鬟不能相信地指著劉病已，「呀！你還敢拽小姐的馬鞭？」

劉病已毫不在乎地笑看向丫鬟，丫鬟被劉病已的狂妄大膽震驚得手直打哆嗦，「你……你……你完了！你完了！夫人會殺了你，會……會滅了你九族。阿順，你回府去叫人，這裡有我保護小姐，看誰吃了熊心豹子膽敢……」

那個小姐拽了幾下馬鞭，冷聲斥責，「放手！」

劉病已笑放開了馬鞭，「此事我家小妹的確有錯，可小姐在街上縱馬飛馳也說不過去。情急下殺了小姐的馬，是我的錯，我會賠馬給小姐，還望小姐原諒。」

女子冷哼：「賠？你賠得起嗎？這兩匹馬是皇上賞賜的汗血寶馬，殺了你們全家也賠不起。」

丫鬟一瘸一拐地走過來，也大叫著說：「汗血寶馬呀！當年先皇用同樣大小、黃金打造的馬都換不來一匹，最後發兵二十萬才得了汗血寶馬，你以為是什麼東西？你恐怕連汗血寶馬的名字都沒有聽過，可不是你家後院隨隨便便的一匹馬……」

劉病已言語間處處謙讓，女子卻咄咄逼人，雲歌心情本就不好，此時也滿肚子火，「不就是兩匹汗血寶馬嗎？還不是最好的。最好的汗血寶馬是大宛的五色母馬和貳師城山上的野馬雜交後的第一代。聽聞大宛當年給漢朝進貢了千匹汗血寶馬，這兩匹應該是牠們的後代，血脈早已不純，有什麼稀罕？有什麼賠不起的？」

女子氣結，一揮鞭子打向雲歌，「好大的口氣！長安城裡何時竟有了個這麼猖狂的人？」

劉病已想拽雲歌躲開，雲歌卻是不退反進，劈手握住了馬鞭，「有理者何須畏縮？事情本就各有一半的錯，小姐卻動輒就要出手傷人，即使這理說到你們漢朝皇帝跟前，我也這麼猖狂。」

女子自小到大，從來都是他人對她曲意奉承，第一次遭受如此羞辱，氣怒下，一邊狠拽著馬鞭，一邊想揮手打雲歌，「我今日就是要打妳，又怎樣？即使到了皇帝面前，我也照打不誤，看誰敢攔我？」

雲歌雖是三腳貓的功夫，可應付這個大家小姐卻綽綽有餘，只一隻手，已經將女子戲弄得團團轉。

丫鬟看形勢不對，對車夫打了眼色，跑得飛快地回府去搬救兵。

車夫是個老實人，又有些結巴，期期艾艾地叫：「姑……姑娘，這……這可是霍……霍……」越急越說不出話。

劉病已聞言，想到女子先前所說的話，猜到女子身分，面色微變，忙對雲歌說：「雲歌，快放手！」

雲歌聞言，嘴角抿了絲狡慧的笑，猛然鬆脫了手。

女子正拚足力氣想抽出馬鞭，雲歌突然鬆勁，她一下後仰，踉蹌退了幾步，砰然摔坐在地上，馬鞭稍迴旋，反把她的胳膊狠狠打了一下。

雲歌大笑，看劉病已皺眉，她吐了吐舌頭，對劉病已說：「你讓我放手的。」

劉病已想扶女子起來，但女子又羞又氣又怒，甩開了劉病已的手，眼淚直在眼眶裡面打轉，卻被她硬生生地逼了回去，只一聲不吭地恨盯著雲歌。

劉病已嘆氣，這個梁子結大了，可不好解決，正在思量對策，孟玨突然出現，從暗影中慢慢走到光亮處，如踩著月光而來，一襲青衣翩然出塵。

他走到女子身側，蹲了下來，「成君，妳怎麼在這裡？我送妳回去。」

霍成君忍著的淚，一下就掉了出來，半依著孟珏，垂淚道：「那個野丫頭……殺了我的馬，還……」

孟珏扶著霍成君站起，「她的確是個野丫頭，回頭我會好好說她，妳想罵想打都隨便，今日我先送妳回去。只是妳們也算舊識，怎麼對面都不認識呢？」

雲歌和霍成君聞言都看向對方。

雲歌仔細瞧了一會，才認出這個女子就是購買了隱席的另外一個評判。

雲歌先前在娼妓坊上的妝都是便宜貨，因為眼淚，妝容化開，臉上紅紅黑黑，如同花貓，很難看清楚真面貌。而霍成君上次是女扮男裝，現在女子打扮，雲歌自然也沒有認出她。

自從相識，孟珏對霍成君一直不冷不熱，似近似遠。這是第一次軟語溫存，霍成君雖滿胸怒氣，可在孟珏的半勸半哄下，終是怒氣稍平，任由孟珏送她回了霍府。

劉病已見他們離去，方暗暗舒了口氣。

雲歌卻臉色陰沉了下來，埋著頭大步而走，一句話不說。

劉病已陪著她走了一會，看她仍然板著臉，猶豫了下，說：「剛才那個女子叫霍成君，是霍光和霍夫人最疼的女兒。霍夫人的行事，妳應該也聽聞過一點，一品大員車丞相的女婿少府徐仁，因為開罪了霍夫人的弟弟，慘死在獄中。剛才霍府的丫頭說連公主見了她家小姐也要客客氣氣，絕非吹噓，霍成君在長安，比真正的公主更像公主。若非孟珏化解，這件事情只怕難以善了。」

雲歌的怒氣慢慢平息了幾分，什麼公主不公主，其實她根本不怕，大不了拍拍屁股逃出漢朝，可是有兩個字叫「株連」，大哥、許姐姐、七里香……

雲歌低聲說：「是我魯莽了。他即使和霍成君有交情，也不該說什麼『回頭妳想罵想打都隨便』。」

劉病已笑：「原來是為了這個生氣。孟玨的話表面全向著霍成君，可妳仔細想想，這話說得誰疏誰遠？孩子和人打了架，父母當著人面罵的肯定都是自己孩子。」

雲歌想了瞬，又開心起來，笑對劉病已說：「大哥，對不起，差點闖了大禍。」

劉病已看著雲歌，想要忍卻實在忍不住，哈哈大笑起來，「妳別生氣，我已經忍了很久，妳臉上的顏色可以開染料鋪子了。」

雲歌抹了把臉，一看手上，又是紅又是黑，果然精彩，「都是那個老妖精，她給我臉上亂抹一陣。」

劉病已想起雲歌先前的哭語，問道：「妳說有人欺負妳，誰欺負妳了？」

雲歌沉默。一個鬼祟的王爺！還有……還有……孟玨！想到在娼妓坊內發生的一切，她的臉又燒起來。

「雲歌，妳想什麼呢？怎麼不說話？」

「我、我沒想什麼。其實不是大事，我就是、就是想哭了。」

劉病已笑了笑，未再繼續追問，「雲歌，大哥雖然只是長安城內的一個小混混，很多事情都幫不了妳，可聽聽委屈的耳朵還是有的。」

雲歌用力點頭，「我知道，大哥。不過大哥可不是小混混，而是……大混混！也不是只有一雙耳朵，還有能救我的手，能讓我哭的……」雲歌看到劉病已衣襟的顏色，不好意思地笑起來。

唯有平常心相待，既不輕視，也不同情，才會用「混混」來和他開玩笑，甚至語氣中隱有驕傲。其實不相干的人的輕視，他根本不會介意，他更怕看到的是關心他的人的同情憐惜。

暗夜中，一張大花臉的笑容實在說不上可愛，劉病已卻覺得心中有暖意流過，不禁伸手在雲歌頭上亂揉了幾下，把雲歌的頭髮揉得毛茸茸，蓬蓬鬆鬆。

這下，雲歌可真成了大花貓。

雲歌幾分鬱悶、幾分親切地摸著自己的頭。

親切的是劉病已和三哥一樣，都喜歡把她弄成個醜八怪。鬱悶的是她發覺自己居然會很享受被他欺負，還會覺得很溫暖。

第八章 一雙人

頭頂的蒼穹深邃悠遠，
一顆顆星子一如過去的千百個日子。
她分不清自己的心緒，
究竟是傷多，還是喜多。

「誰是竹公子？」

「草民是。」

鄂邑蓋公主輕頷了下首，「丁外人和我說過妳是女子，為什麼明明是女子卻穿男裝，還對外稱呼『竹公子』？」

雲歌還未開口，一旁的丁外人笑道：「那也是沒有辦法的事情，做官人的脾氣總是對女子瞧低幾分，雅廚恐怕是不得已才對外隱瞞了性別，省得有人說閒話。」

丁外人的話顯是恰搔到公主癢處，公主面色不悅，看雲歌的眼光卻流露了欣賞理解，「妳們都起來吧！男子、女子都是娘生爹養，卻偏偏事事都是男子說了算，各種規矩也是他們定，男子可以三妻四妾，娶了又娶，女子卻……唉！難為妳小小年紀，就能在長安城闖出名頭，本宮吃過一次妳做的菜，就是比宮中的男御廚也毫不遜色，而且更有情趣。今日的菜務必用心做，做得好本宮會有重賞。」

雲歌和許平君行禮後退出。

許平君看給她們領路的宮女沒有留意她們，附在雲歌耳邊笑道：「原來公主也和我們一樣呢！」

雲歌笑起來，「難道妳以為她會比我們多長一個鼻子，還是一隻眼睛？」

「誰是那個意思？我是說公主說的話很……很好，好像說出了我平常想過，卻還沒有想明白的事情，原來就是因為定規矩的是男人，所以女人才處處受束縛。」

雲歌斂了笑意，「別琢磨公主的話了，還是好好琢磨如何做菜。今日有些奇怪，公主和丁外人並非第一次吃我做的菜，可公主卻是第一次為了菜肴召見我，還特意叮囑我們要好好做菜。」

許平君想了一會，神色也凝重起來，「公主的那句話，『做得好本宮會有重賞』，只怕反面的意思就是做不好會重罰，今日真的一點差錯都不能出呢！」

雲歌輕嘆口氣，「如果要我再給這些皇親貴胄做幾次菜，我就要不喜歡做菜了，我不喜歡這種感覺。做菜應該是快樂輕鬆的事情，吃菜也應該是快樂輕鬆的事情，不管是朋友，還是家人，辛勞一天後，坐在飯桌前，一起享受飯菜，應該是一天中最幸福的時刻，不是現在這樣的。」

許平君笑摟住雲歌的肩膀，「晚上妳給我和病已做菜，妳高高興興做，我們高高興興吃，把不開心的感覺全部忘記。」

雲歌笑著點頭，「嗯。」

「現在妳就不要把吃菜的人想成什麼公主王爺了，妳就想成是做給妳的朋友，做給一個妳關心想念，卻不能見面的人。想成他吃了妳做的菜，會開心一笑，會感受到妳對他的關心，會有很溫暖的感覺。」

「許姐姐，妳剛才還誇公主，我覺得妳比公主還會說話。」

「雲丫頭，妳也很會哄人。好了，不要廢話了，快想想做什麼菜，快點，快點……」

皇帝劉弗陵的性格冷漠難近，可鄂邑蓋公主和皇上自小親近，在琢磨皇上喜好這點上，自非他人能及。

劉弗陵小時候喜讀傳奇地志、游俠列傳，喜歡與各國來的使者交談。雖然這些癖好早已經成為塵封的記憶，可在鄂邑蓋公主府，一切事情都能暫時忘記，劉弗陵可以只靜靜享受一些他在宮裡不能觸碰到的事情。

一個胡女正在彈奏曲子，鄂邑蓋公主介紹道：「皇弟，這是長安歌舞坊間正流行的曲子，彈奏的樂器叫做琵琶，是西域的歌女帶來的，聽說龜茲的王妃最愛此器，從民間廣徵歌曲，以致龜茲人人以會彈琵琶為榮。」

看到劉弗陵端起桌上的酒杯，鄂邑蓋公主又笑著說：「此酒名叫竹葉青，是長安人現在最愛的酒，因為一日只賣一罈，名頭又響，價錢比暗流出去的貢酒還貴呢！飲此酒的人最愛說『竹葉青，君子……』」

公主想了一瞬，想不起來，看向孟珏，坐在最下首的孟珏續道：「竹葉青，酒中君子，君子之酒。」

劉弗陵淡淡掃了眼孟珏，視線又落回彈奏琵琶的女子身上。

往常喜說話、善交談的丁外人只是恭敬地坐在公主身後，反常地一句話都不說，顯然對劉弗陵很是畏懼，竟連討好逢迎的話都不敢隨便說。

劉弗陵又是一個不愛說話的人，屋子內只有公主一個人的聲音在琵琶聲中偶爾響起。

孟珏微微瞇起了眼睛，有意思！劉弗陵是真的在傾聽、欣賞著樂曲。這是長安城內，他第一次碰見在宴席上真正欣賞曲子的人，而非只是把一切視作背景。

「公主，菜肴已經準備妥當，要上菜嗎？」侍女跪在簾外問。

公主徵詢地看向劉弗陵，劉弗陵輕頷了下首，公主立即吩咐侍女上菜。

菜肴一碟碟從外端進來，轉交給宦官于安，由于安一碟碟檢查後，再逐一放在劉弗陵面前。等布好菜，侍女拿出雲歌交給她的絹帕，按照雲歌的指示，照本宣科。

「行行重行行，與君生別離。請選用第一道菜。」

劉弗陵怔了一下，朝公主道：「阿姊，吃飯還需要猜謎嗎？」

「今日不是府中的廚子，是特意傳召長安城內號『竹公子』的雅廚，聽聞吃她的飯菜常有意料不到的新鮮花樣。因為怕她緊張，所以未告訴她是給皇弟做菜。我也沒料到吃她的菜還要講究順序，皇弟若不喜歡，我命她撤了。」

立在劉弗陵身側的于安俯身回道：「皇上，確如公主所言。傳聞這個雅廚最善於化用畫意、詩意、歌意、曲意，菜名和菜式相得益彰。還傳聞他有竹葉屏，只要能在上面留下詩詞的人都可以免費用菜，皇上曾召見過的賢良魏相就曾在其上留字，侍郎林子風也匿名在上留過詩。」

丁外人看孟珏盯著他，忙暗中比了個手勢，示意召雲歌來不是他的主意，是公主的意思，他也沒有辦法。

劉弗陵說：「菜肴的酸甜苦辣，先吃哪個，後吃哪個，最後滋味會截然不同。比如先苦後甜，甜者越甜，先甜後苦卻是苦上加苦。這個廚子很下功夫，不好辜負他的一片心意，朕就接了他的題目，猜猜他的謎。」

「行行重行行，與君生別離」？

劉弗陵一面思索，一面審視過桌上的菜肴。一盤菜的碟子形如柳葉，其內盛著一顆顆珍珠大小的透明小丸子，如同離人的淚。

他夾了一筷子。

珍珠丸子入口爽滑，未及咀嚼已滑入肚子，清甜過後，口中慢慢浸出苦。劉弗陵吟道：「惜剪剪碧玉葉，恨年年贈離別。」

竹公子這道菜的碟子化用了折柳贈別的風俗，菜則蘊意離人千行淚，都是暗含贈別意思。侍女看了一下雲歌給的答案，忙笑著說：「恭喜皇上，竹公子的第一道菜正是此菜，名為『贈別』。」其實不管對不對，侍女都早就決定會說對，但現在皇上能猜對，自然更好。

「相去萬餘里，各在天一涯。請用第二道菜。」

漂浮在湯麵上的星星好像是南瓜雕刻而成，入口卻完全不是南瓜味，透著澀，和先前的苦交織在一起，變成苦澀。

劉弗陵在滿嘴的苦味中，吟出了相合的詩：「人生如參商，西東不得見。」因心中有感，這兩句他吟誦得份外慢。

參商二星雖在同一片天空下，卻是參星在西、商星在東，此出彼沒，永不相見，不正是相隔天涯不能相見的人？

「恭喜皇上，此菜的菜名正是『參商』。」

「相去日已遠，衣帶日已緩，請用第五道菜。」

劉弗陵神思有些恍惚，未看桌上的菜，就吟道：「何以長相思？憶取綠羅裙。」

劉弗陵吟完詩後，卻沒有選菜，只怔怔出神，半晌都沒有說話，眾人也不敢吭聲，最後是于安大著膽子輕叫了聲「皇上」。

劉弗陵眼中幾分黯然，垂目掃了眼桌上的菜，夾了一筷用蓮子和蓮藕所做的菜。蓮心之苦有如離人心上的苦，藕離絲不斷正如人雖分離，卻相思不能絕，「此菜該叫『相思』。」

看菜名的侍女忙說：「正是。」

「浮雲蔽白日，遊子不顧返，請用第六道菜……」

「思君令人老，歲月忽已晚。請用第七道菜……」

上一道菜的味道，是下一道菜的味引，從苦轉澀，由澀轉辛，由辛轉清，由清轉甘，由甘轉甜，最後只是普通的油鹽味，可在經歷過前面的各種濃烈味道，吃到日常的油鹽味，竟覺出了平淡的溫暖。

「棄捐勿復道，努力加餐飯。請用最後一道菜。」

劉弗陵端起最後一道菜肴：一碗粟米粥。靜靜吃著，一句話不說。

公主忐忑不安，皇上怎麼不吟出菜名？莫非生氣了？也對，這個雅廚怎麼拿了碗百姓家的粟米粥來充數？正想設法補救，卻看到侍女面帶喜色。

侍女靜靜向皇上行了一禮後，把布菜的菜單雙手奉給公主，退了下去。

公主府上其他未能進來服侍的宮女，看到布菜的侍女阿清出來，都立即圍了上去，「清姐姐，見到皇上了嗎？長什麼樣子？皇上可留意看姐姐了？」

阿清笑說：「妳們是先皇的香豔故事聽多了吧？如今的皇帝是什麼心性，妳們又不是沒聽聞過，趕緊別做那些夢了，不出差錯就好。」

拉著她手的女子笑道：「清姐姐嚇得不輕呢！一手的汗！」

阿清苦著臉說：「吃菜要先猜謎，猜就猜吧！那妳也說些吉利話呀！偏偏句句傷感。我們都是公主府家養的奴婢，皇室宴席見得不少，幾時見過粟米粥做菜肴？而這道菜的名字更古怪，叫『無言』，難道是差得無話可說嗎？真是搞不懂！」

越到後面，阿清越是害怕皇上會猜錯。雅廚心思古怪，皇上也心思古怪，萬一皇上猜錯，她根本沒有信心能圓謊，幸虧皇上果如傳聞，才思敏捷，全部猜正確。

公主打開布帛，看了一眼，原來謎題就是「無言」，難怪皇上不出一語，公主忐忑盡去，帶笑看向皇上。

慢慢地，劉弗陵唇角逸出了笑。

若是知己，何須言語？

菜肴品到此處，懂的人自然一句話不用說，不懂的說得再多也是枉然。

千言萬語，對牽掛的人不過是希望他吃飽穿暖這樣的最簡單企盼，希望他能照顧好自己。

菜肴的千滋百味，固然濃烈刺激，可最溫暖、最好吃的其實只是普通的油鹽味，正如生命中的酸甜苦澀辛辣，再諸彩紛呈、跌宕起伏，最終希望的也不過是牽著手看細水長流的平淡幸福。

于安瞪大眼睛，皇上竟然笑了。

劉弗陵含笑對公主道謝，「廚師很好，菜肴很好吃，多謝阿姊。」

孟玨心中莫名地不安起來。

公主看著皇上，忽覺酸楚，心中微動，未經深思就問道：「皇弟喜歡就好，可想召見雅廚竹公子？其實竹公子……」

孟珏不小心將酒碰倒，「匡噹」一聲，酒壺落地的大響阻止了公主就要出口的話。

孟珏忙離席跪下請罪。

劉弗陵讓他起身，孟珏再三謝恩後才退回座位，丁外人已在桌下拽了好幾下公主的衣袖。

公主立即反應過來，如今皇上還未和上官皇后圓房，若給皇上舉薦女子，萬一獲寵，定會得罪上官桀和霍光。霍光撇開不說，她和上官桀卻是一向交好，目前的局面，犯不著搬起石頭砸自己的腳。

公主忙笑著命歌女再奏一首曲子，又傳了舞女來獻舞，盡力避開先前的話題。

劉弗陵吃了一碗粥後，對公主說：「重賞雅廚。」

公主忙應是。

于安細聲說：「皇上若喜歡雅廚做的菜，不如把他召入宮中做御廚，日日給皇上做菜。」

劉弗陵沉吟不語。

孟珏、公主、丁外人的心全都立即懸了起來，丁外人更是恨不得想殺了于安這個要壞他富貴的人。

半晌後，劉弗陵低垂著眼睛說：「這個人要的東西，朕給不了他。讓他自由自在地做自己想做的菜，方是真心欣賞他。」

孟珏心中震動，一時說不出是什麼感覺。

這個皇上給了他太多意外。

劉弗陵少年登基，一無實權，漢武帝留給他的又是一個爛攤子。面對著權欲重城府深的霍光、貪婪狠辣的上官桀、好功重權的桑弘羊，和對皇位虎視眈眈的燕王，他卻能維持著巧妙的均衡，艱難小心地推行著改革。

孟珏早料到劉弗陵不一般，可見到真人後，他還是意外了。普天之下，莫非王土；率土之濱，莫非王臣。有幾個天子不是把擁有視作理所當然？

雲歌受了重賞，心中很是吃驚，難道有人品懂了她的菜？轉念一想，心中的驚訝旋又全部消失了。

這些長安城的皇親貴冑們，山珍海味早就吃膩味了，專喜歡新鮮，也許是猜謎吃菜的樣式讓他們覺得新奇了。她早料到，宮女雖拿了她的謎面，但肯定不管吃的人說對說錯，宮女都會說對，讓對方歡喜。

她今日做這些菜，只是被許平君的話語觸動，只是膩味了做違心之菜，一時任性為自己而做，做過了，心情釋放出來，也就行了。既然不能給當年的那個人吃，那麼誰吃就都無所謂了。

如果知音能那麼容易遇見，也不會世間千年，只一曲《高山流水》，伯牙也不會為了子期離世，悲而裂琴，從此終生再不彈琴。

雲歌和許平君向公主府的總管告辭，沿著小路出來，遠遠就看見公主府的正門口，黑壓壓跪了一地的人。許平君忙探著腦袋仔細瞅，想看看究竟是什麼人這麼大排場。華蓋馬車的簾子正緩緩落下，雲歌只看見一截黑色金織袍袖。

看馬車已經去遠，許平君嘆了口氣，「能讓公主恭送到府門口，不知道是什麼人？可惜沒有看到。」

雲歌抿了抿嘴說：「應該是皇帝。我好像記得二哥和我說過漢朝以黑色和金色為貴，黑底金繡應該是龍袍的顏色。」

許平君叫了聲「我的老娘呀」，立即跪下來磕頭。

雲歌嘻嘻笑起來，「果然是天子腳下長大的人。可惜人已經走了，妳這個忠心耿耿的大漢子民就省了這個頭吧！」強拽起許平君，兩人又是笑又是鬧地從角門出了公主府。

看到靜站在路旁的孟玨，雲歌的笑聲一下卡在了喉嚨裡。

冬日陽光下，孟玨一身長袍，隨意而立，器宇超脫，意態風流。

許平君瞟了眼雲歌，又瞟了眼孟玨，低聲說：「我有事情先走一步。」

雲歌跟在許平君身後也想走，孟珏叫住了她，「雲歌，我有話和妳說。」

雲歌只能停下，「你說。」

「如果公主再傳妳做菜，想辦法推掉，我已經和丁外人說過，他會替妳周旋。」

眼前的人真真切切地站在她眼前，可她卻總覺得像隔著大霧，似近實遠。

雲歌輕點了下頭，「多謝。你今日也在公主府嗎？你吃了我做的菜嗎？好吃嗎？」

正是冬日午後，淡金的陽光恰恰照著雲歌。雲歌的臉微仰，專注地凝視著孟珏，漆黑的眼睛中有燃燒的希冀，她的人也如一個小小的太陽。

孟珏心中一蕩，定了定神，方微笑著說：「吃了，很好吃。」

「怎麼個好法？」

「化詩入菜，菜色美麗，滋味可口。」

「可口？怎麼個可口法？」

「雲歌，妳做的菜很好吃，再說就是拾人牙慧了。」

「可是我想聽你說。」

「濃淡得宜，口味獨特，可謂增之一分則厚，減之一分則輕。」

孟珏看雲歌眼睛一眨不眨地盯著他看，表情似有幾分落寞傷心，他卻覺得自己的話說得並無不妥之處，不禁問道：「雲歌，妳怎麼了？」

雲歌先是失望，可又覺不對，慢慢琢磨過來後，失望散去，只覺震驚，深吸了口氣，掩去一切情緒，笑著搖搖頭，「沒什麼。孟珏，你有事嗎？若沒事送我回家好嗎？你回長安這麼久，卻還沒有和我們聚過呢！我們晚上一起吃飯，好不好？那個……」雲歌掃了眼四周，「那個爛王爺也該離開長安了吧？」

孟珏還未答應，雲歌已經自作主張地拽著他的胳膊向前走。

孟珏想抽脫胳膊，身體卻違背了他的意志，任由雲歌拽著。

一路上，雲歌都唧唧喳喳地說個不停，任何事情到她眼睛中，再經由她描繪出來，都成了生命中的笑聲。

「孟公子。」

寶馬香車，雲鬢花顏，紅酥手將東珠簾輕挑，霍成君從車上盈盈而下。

孟珏站在了路邊，笑和她說話。

雲歌看霍成君的視線壓根兒不掃她，顯然自己根本未入人家的眼。而孟珏似乎也忘記了她的存在。

雲歌索性悄悄往後退了幾步，一副路人的樣子，心裡開始慢慢數數，一、二、三……

孟珏和霍成君，一個溫潤君子，一個窈窕淑女，談笑間自成風景。

……九十八、九十九、一百。

嗯，時間到！三哥雖然是個不講理的人，可有些話卻很有道理，不在意的，才會忘記。

雲歌往後退了一步，又退了一步，再退了一步，然後一個轉身，小步跑著離開。

兩個正談笑的人，兩個好似從沒有留意過路人的人，卻是一個笑意微不可見地濃了，一個說話間語聲微微一頓。

雲歌主廚，許平君打下手，劉病已負責灶火，三個人邊幹活，邊笑鬧。

小小的廚房擠了三個人，已經很顯擁擠，可在冬日的夜晚，只覺溫暖。

許平君笑說著白日在公主府的見聞，說到自己錯過了見皇上一面，遺憾得直跺腳，「都怪雲歌，走路慢吞吞，像隻烏龜。一會偷摘公主府裡的幾片葉子，一會偷摘一朵花，要是走快點，肯定能見到。」

雲歌促狹地說：「姐姐是貴極的命，按張仙人的意思那肯定是姐姐嫁的人貴極，天下至貴，莫過皇帝，難道姐姐想做皇妃？」

許平君瞟了眼劉病已，一下急起來，過來就要掐雲歌的嘴，「壞丫頭，看妳以後還敢不敢亂說？」

雲歌連連求饒，一面四處躲避，一面央求劉病已給她說情。

劉病已坐在灶堂後笑著說：「我怕引火焚身，還是觀火安全。」

眼看許平君的油手就要抹到雲歌臉上，正急急而跑的雲歌撞到一個推門而進的人，立腳不穩，被來人抱了個滿懷。

孟玨身子微側，擋住了許平君，毫不避諱地護住雲歌，笑著說：「好熱鬧！還以為一來就能吃飯，沒想到兩個大廚正忙著打架。」

許平君看到孟玨，臉色一白，立即收回了手，安靜地後退一大步。

雲歌漲紅著臉，從孟玨懷裡跳出，低著頭說：「都是家常菜，不特意講究刀功菜樣，很快就能好。」

雲歌匆匆轉身切菜，一副一本正經的樣子，卻不知道自己的嘴角不自禁地上揚，羞意未退的臉上暈出了笑意。

劉病已的視線從雲歌臉上一掃而過後看向孟玨，沒想到孟玨正含笑注視著他，明明很溫潤的笑意，劉病已卻覺得漾著嘲諷。

兩人視線相撞，又都各自移開，談笑如常。

用過飯後，劉病已自告奮勇地承擔了洗碗的任務，雲歌在一旁幫著「倒忙」，說是燒水換水，卻是嘻嘻哈哈地玩著水。

許平君想走近，卻又遲疑，只半依在廳房的門扉上，沉默地看著正一會皺眉、一會大笑的劉病已。

孟珏剛走到她身側，許平君立即站直了身子。

孟珏並不介意，微微一笑，轉身就要離開。許平君猶豫了下，叫住了孟珏，「孟大哥，我……」卻又說不下去。

模糊的燭火下，孟珏的笑意幾分飄忽，「有了歐侯家的事情，妳害怕我也很正常。」

許平君不能否認自己心內的感受，更不敢去面對這件事情的真相，所以一切肯定都如張仙人所說，是命！

許平君強笑了笑，將已經埋藏的東西埋得更深了一些，看著劉病已和雲歌，「我和病已小時就認識，可有時候，卻覺得自己像個外人，走不進病已的世界中。你對雲歌呢？」

孟珏微笑著不答反問：「妳的心意還沒有變？」

許平君用力點頭，如果這世上還有她可以肯定的東西，那這是唯一。

「我第一次見他時，因為在家裡受了委屈，正躲在柴火堆後偷偷哭。他蹲在我身前問我『小妹，為什麼哭？』他的笑容很溫暖，好像真的是我哥哥，所以我就莫名其妙地對著一個第一次見的人，一面哭一面說。很多年了，他一直在我身邊，父親醉倒在外面，他會幫我把父親背回家。我娘罵了我，他會寬慰我，帶我出去偷地瓜烤來吃。過年時，知道我娘不會給我買東西，他會特意省了錢給我買絹花戴。家裡活兒實在幹不過來時，他會早早幫我把柴砍好，把水缸注滿。每次想到他，就覺得不管再苦，我都能撐過去，再大的委屈也不怕。你說我會變嗎？」

孟玨笑，「似乎不容易。」

許平君長嘆了口氣，「母親現在雖不逼我嫁了，可我總不能在家裡待一輩子。」

屋內忽然一陣笑聲傳出，許平君和孟玨都把視線投向了屋內。

不知道雲歌和劉病已在說什麼，兩人都笑得直不起腰來。

一盆子的碗筷，洗了大半晌，才洗了兩三個。劉病已好似嫌雲歌不幫忙，盡添亂，想轟雲歌出來，雲歌卻耍賴不肯走，唧唧喳喳連比帶笑。劉病已又是氣又是笑，順手從灶台下摸了把灶灰，抹到雲歌臉上。

許平君偷眼看向孟玨，卻見孟玨依舊淡淡而笑，表情未有任何不悅。

她心中暗傷，正想進屋，忽聽到孟玨說：「妳認識掖庭令張賀嗎？」

「見過幾次。張大人曾是父親的上司。病已也和張大人認識，我記得小時候張大人對病已很好，但病已很少去見他，關係慢慢就生疏了。」

「如果說病已心中還有親人長輩，那非張賀莫屬。」

許平君不能相信，可對孟玨的話又不得不信，心中驚疑不定，琢磨著孟玨為何和她說這些。

一切收拾妥當後也到了睡覺時間，孟玨說：「我該回去了，順路送雲歌回屋。」

雲歌笑嚷，「幾步路，還要送嗎？」

許平君低著頭沒有說話。

劉病已起身道：「幾步路也是路，妳們可是女孩子，孟珏送雲歌，我就送平君回去。」

四個人出了門，兩個人向左，兩個人向右。

有別於四人一起時的有說有笑，此時都沉默了下來。

走到門口，孟珏卻沒有離去的意思，他不說走，雲歌也不催他，兩人默默相對而站。

雲歌不知道為什麼，她對著劉病已可以有說有笑，可和孟珏在一起，她就覺得不知道說什麼才好。

站了一會，孟珏遞給雲歌一樣東西。

雲歌就著月光看了下，原來是一根簪子。

簪子很是樸素，只用了金和銀，但打造上極費心力。兩朵小花，一金，一銀，並蒂而舞，栩栩如生，此時月華在上流動，更透出一股纏綿。

雲歌看著淺淺而笑的孟珏，心撲通撲通地跳，「有牡丹簪、芙蓉簪，卻少有金銀花簪，不過很別致，也很好看，送我的？」

孟珏微笑著看了看四周：「難道這裡還有別人？」

雲歌握著簪子立了一會，把簪子遞回給孟珏，低著頭說：「我不能要。」

孟珏的眼睛內慢慢透出了冷芒，臉上的笑意卻沒有變化，聲音也依舊溫和如春風，「為什麼？」

「我……我……反正我不能要。」

「朝廷判案都有個理由，我不想做一個糊裡糊塗的受刑人，妳總該告訴我，為何判了我罪。」

雲歌的心尖彷彿有一根細細的繩子繫著，孟玨每說一個字，就一牽一牽的疼，她卻沒有辦法回答他，只能沉默。

「為了劉病已？」

雲歌猛然抬頭看向孟玨，「你……」撞到孟玨的眼睛，她又低下了頭，「如何知道？」

孟玨笑了，幾絲淡淡的嘲諷，「妳暗地裡為他做了多少事情？我又不是沒長眼睛。可我弄不懂，妳究竟在想什麼？說妳有心，妳卻處處讓著許平君，說妳無心，妳又這副樣子。」

雲歌咬著唇，不說話。

孟玨凝視了一會雲歌，既沒有接雲歌手中的簪子，也不說離去，反倒理了理長袍，坐到門檻上，拍了拍身側餘下的地方，「坐下來慢慢想，到天亮還有好幾個時辰。」

雲歌站了一會，坐到他旁邊，「想聽個故事嗎？」

孟玨沒有看她，只凝視著夜空說：「夜還很長，而我很有耐心。」

雲歌也抬頭看向天空，今夜又是繁星滿天。

「我很喜歡星星，我認識每一顆星星，它們就像我的朋友，知道我的一切心事。我以前和你說過我和劉病已在很小的時候就認識，是小時候的朋友，其實……其實我和他只見過一面，我送過他一隻珍珠繡鞋，我們有盟約，可是也許當年太小，又只是一面之緣，他已經都忘記了。」

當孟珏聽到珍珠繡鞋定鴛盟時，眸子的顏色驟然變深，好似黑暗的夜碎裂在他的眼睛中。

「我不知道我為什麼一直不肯親口問他，也許是因為女孩家的矜持和失望，他都已經忘記我了，我卻還……也許是因為許姐姐，也許是他已經不是……病已大哥很好，可他不是我心中的樣子。」

「那在妳心中，他應該是什麼樣子？」

「應該……他……會知道我……就像……」雲歌語塞，想了半晌，喃喃說：「只是一種感覺，我說不清楚。」

雲歌把簪子再次遞到孟珏眼前：「我是有婚約的人，不能收你的東西。」

孟珏一句話未說，爽快地接過簪子。

雲歌手中驟空，心中有一剎那的失落，沒料到孟珏打量了她一瞬，把簪子插到她的髮髻上。

雲歌怔怔地瞪著孟珏，孟珏起身離去，「我又不是向妳求親，妳何必急著逃？妳不想知道我究竟是什麼人嗎？明天帶妳去見一個長輩。不要緊張，只是喝杯茶，聊會天。我做錯了事情，有些害怕見長輩，所以帶個朋友去，叔叔見朋友在場，估計就不好說重話了，這根簪子算作明日的謝禮，記得明日戴上。」話還沒有說完，人就已經走遠。

雲歌望著他消失的方向出神，良久，無力地靠在了門扉上。

頭頂的蒼穹深邃悠遠，一顆顆星子一如過去的千百個日子。
她分不清自己的心緒，究竟是傷多，還是喜多。

——雲中歌〔卷一〕緣定綠羅裙　卷終

步步驚心

桐華

步步驚心（共3卷）

二十一世紀，張曉於車禍中死亡，
一縷芳魂輾轉來到清康熙四十三年，
成為了八貝勒胤禩側福晉之妹—馬爾泰・若曦。
她不由自主地被捲入「九子奪嫡」的殘酷戲碼，
看著所有人的命運正朝著歷史的必然發展，
卻摸不透自己該往何處去……
也許自己的一點力量，可以換取一個「幸福」的微薄希望……

第一最好不相見，如此便可不相戀；
第二最好不相知，如此便可不相思……

隨書限量贈送
電視劇照海報

[正面]

[正面]

[背面]

[背面]

【上卷】不思量，自難忘
【中卷】有情，終似無情
【下卷】往事，哪堪回首

★誠品、金石堂、博客來暢銷榜
★附電視劇照海報及三萬字番外與後記

曾許諾

桐華 著

【卷一】桃花下，許今生
【卷二】然諾重，寸心寄
【卷三】天能老，情難絕
【卷四】桃花落，生別離（終曲）

曾許諾（共4卷）

★金石堂、博客來暢銷榜
★改編成電視劇！

《曾許諾》為「山經海紀」書系第一部，
是古言天后桐華以《山海經》為底蘊所撰寫的歷史玄幻言情小說。

兩百年後，海枯石爛，桃花樹下仍有我不見不散的許諾……
上古時代，神農、軒轅、高辛三大神族之間，
糾纏千年的，豈止是生死愛戀……

長相思

桐華 著

【卷一】孤月下，許君心
【卷二】人依舊，終離別
【卷三】思一寸，愁千縷
【卷四】笑問月，誰與共
【卷五】生相依，死相隨
【卷六】長相守，不分離（終曲）

長相思（共6卷）

★全新演繹經典巨著《山海經》第二部！
★改編成電視劇！

最浩大的恩怨、最糾結的愛恨、最放不下的刻骨相思…
你我相遇的那一刻，是否便注定了分離？
一次次的相遇，一次又一次的分離，
得不到，忘不了，只能將之深深銘刻於心，深藏於無法遺忘的歲歲年年……

最美的時光 上

桐華 著

隨書限量贈送，電視劇照海報

[背面] [正面]

最美的時光（上下卷不分售）

★原《被時光掩埋的祕密》增訂版！

★附劇照海報、新增兩萬字番外

★電視劇即將上映，張鈞甯、鍾漢良 領銜主演

曾經，用盡心思出現在每一個有你的地方，
曾經，絞盡腦汁思索每一次與你相遇的開場白，
七年暗戀的光陰，只餘下無數個曾經……
因為曾經錯過，這一次，決定要更勇敢、更珍惜……

那些回不去的年少時光

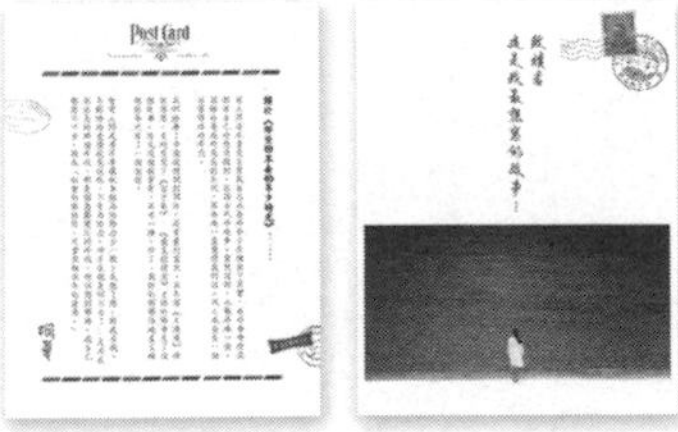

隨書限量贈送藏書卡，
附桐華最想跟讀者分享的祕密。

那些回不去的年少時光（共3卷）

桐華最想寫的故事，
耗時五年傾心打造的精華之作。

多年後，年華已去，青春已老，我們都已成長，可我們不再那麼用力地去愛，
我只能在淚光中，回憶你曾很認真、笨拙地愛過我，一個人微笑。
少年張駿一句「我保護你」，就此深印在情竇初開的羅琦琦心上。
他的驕傲、粗心，她的自卑、敏感，卻讓彼此一再錯過，漸行漸遠……

雲中歌 卷一 緣定綠羅裙

茶蘼坊 13

作　　者　桐　華

總 編 輯　張瑩瑩
副總編輯　蔡麗真

責任編輯　吳季倫
校　　對　仙境工作室
美術設計　yuying
封面設計　周家瑤
行銷企畫　黃煜智、黃怡婷

社　　長　郭重興
發行人兼出版總監　曾大福
出　　版　野人文化股份有限公司
發　　行　遠足文化事業股份有限公司
地址：231新北市新店區民權路108-2號9樓
電話：（02）2218-1417　傳真：（02）8667-1065
電子信箱：service@bookrep.com.tw
網址：www.bookrep.com.tw
郵撥帳號：19504465遠足文化事業股份有限公司
客服專線：0800-221-029
法律顧問　華洋法律事務所 蘇文生律師
印　　製　成陽印刷股份有限公司
初　　版　2011年12月　初版3刷　2014年6月

定　　價　220元
ISBN　978-986-6158-65-0

國家圖書館出版品預行編目資料

雲中歌〔卷一〕緣定綠羅裙 / 桐華　著.
-- 初版. -- 新北市 :
野人文化出版 : 遠足文化發行, 2011.12
224面; 15 × 21公分. --（茶蘼坊 ; 13）

ISBN 978-986-6158-65-0（平裝）

857.7　　100020551

雲中歌〔卷一〕緣定綠羅裙

線上讀者回函專用 QR CODE，您的寶貴意見，將是我們進步的最大動力。

野人文化
讀者回函卡

感謝你購買《雲中歌》卷一　緣定綠羅裙

姓　名　　　　　　□女 □男　　年齡

地　址

電　話　　　　　　手機

Email

□同意 □不同意　　收到野人文化新書電子報

學　歷　□國中(含以下) □高中職　□大專　□研究所以上
職　業　□生產/製造　□金融/商業　□傳播/廣告　□軍警/公務員
□教育/文化　□旅遊/運輸　□醫療/保健　□仲介/服務
□學生　□自由/家管　□其他

◆你從何處知道此書？
□書店：名稱 ____________　□網路：名稱 ____________
□量販店：名稱 ____________　□其他 ____________

◆你以何種方式購買本書？
□誠品書店　□誠品網路書店　□金石堂書店　□金石堂網路書店
□博客來網路書店　□其他 ____________

◆你的閱讀習慣：
□親子教養　□文學　□翻譯小説　□日文小説　□華文小説　□藝術設計
□人文社科　□自然科學　□商業理財　□宗教哲學　□心理勵志
□休閒生活（旅遊、瘦身、美容、園藝等）　□手工藝／DIY　□飲食／食譜
□健康養生　□兩性　□圖文書／漫畫　□其他 ______

◆你對本書的評價：（請填代號，1. 非常滿意　2. 滿意　3. 尚可　4. 待改進）
書名 _____ 封面設計 _____ 版面編排 _____ 印刷 _____ 內容 _____
整體評價 _____

◆你對本書的建議：

野人文化部落格 http://yeren.pixnet.net/blog
野人文化粉絲專頁 http://www.facebook.com/yerenpublish

廣 告 回 函
板橋郵政管理局登記證
板 橋 廣 字 第 143 號

郵資已付 免貼郵票

野人

23141
新北市新店區民權路108-2號9樓
野人文化股份有限公司 收

請沿線撕下對折寄回

野人

書名：雲中歌〔卷一〕緣定綠羅裙　　書號：0NRR0013